优雅的烟火

韩新平◎著

远方出版社

图书在版编目（CIP）数据

优雅的烟火 / 韩新平著 . —— 呼和浩特 ：远方出版社，2022.8

ISBN 978-7-5555-1754-2

Ⅰ．①优… Ⅱ．①韩… Ⅲ．①散文集－中国－当代 Ⅳ．① I267

中国版本图书馆 CIP 数据核字 (2022) 第 140323 号

优雅的烟火

YOUYA DE YANHUO

作　　者　韩新平

责任编辑　董美鲜

责任校对　贺鹏举

封面设计　王玉美

版式设计　琼　英

出版发行　远方出版社

社　　址　呼和浩特市乌兰察布东路 666 号　邮编 010010

电　　话　（0471）2236473 总编室　2236460 发行部

经　　销　新华书店

印　　刷　内蒙古爱信达教育印务有限责任公司

开　　本　787 毫米 ×1092 毫米　1/16

字　　数　184 千

印　　张　14.5

版　　次　2022 年 8 月第 1 版

印　　次　2022 年 8 月第 1 次印刷

印　　数　1—3000 册

标准书号　ISBN 978-7-5555-1754-2

定　　价　45.00 元

一个人的烟火

——读韩新平《优雅的烟火》（代序）

大约4年前，我去呼和浩特市出差。

一天晚上，在与当地朋友聚会时，初遇韩新平。

酒席上的他，频频举杯，脸蛋红扑扑，显然是一位善饮者。朋友介绍说，他是部队转业干部，在内蒙古自治区农村信用社联合社工作。当时，我们虽然互加了微信，但并未深入交流，他给我的第一印象，并不像一个作家。

分别之后，我的微信朋友圈里，便不时出现他的身影。出于礼貌，我也偶尔翻看他发的内容，竟然有不少他创作的散文随笔，且有多篇关于"邯郸"的内容。我这才猛然意识到，我们是老乡，且两村相距仅仅几公里。

他的文章一篇篇地推送出来，题材多样。更难能可贵的是，那些文字活泼生动、纯真质朴，时常能够带来意想不到的感动和惊喜。

他于1985年参军。他虽然学历不高，但喜欢文学，把连队的火热生活形成文字，频频见诸报端。他也因此而受益，被破格转干，并专职从事宣传工作。2005年，出版了作品集《最幸福的幸福树》。后来，他转业到地方工作，仍然笔耕不辍。岁月荏苒，历经十多年，写作了几十万字的作品。

前些天的一个早晨，我像往常一样打开电脑，发现邮箱里收到一份压缩文件。我泡上一杯热茶，在白雾袅袅中，一篇篇熟悉的文字扑面而来——新平又要出集子了！真是值得祝贺！

新平和我都出生于20世纪60年代末。我们最初的工作履历也大致相似，都在新闻界从业多年。唯一的区别是，我在地方报社，他在部队系统。他的很多感受颇能引起我的共鸣，因为我们有着相同的底色和胎记啊！

譬如，他写故乡情思的《磕头》一文，开篇即让我感到十分亲切：

> 黑乎乎的天空，被多彩的礼花点燃，极尽绚烂。我站在夜幕一隅，想，又迈进年槛了。
>
> 出门在外，每遇过年的时候，我的双膝便有一种冲动。这种冲动，我知道它联系着冀南大地的那个村子，更具体地说，就是我们那个村子的一种古老而没被割舍的礼节。
>
> 以至于，我客居城市多年，逢年向别人拱手拜年或问候新年好时，总感到别别扭扭，远不如我们老家过年磕头的礼节来得实在和憨厚。

磕头是邯郸老家过年时的地方习俗。大年初一，乡里乡亲们很早就起床了，俗称"起五更"。之后，以家为单位，挨家挨户到本家长辈住处磕头拜年。至于去多少家，就看自己家族有多大了。过年磕头，可真是个体力活，体力不行或者膝盖不好的人，根本完成不了这一"壮举"。

这些在作者笔下，有着颇为风趣的描述：

> 大年初一，村里的青壮年和孩童们都早起五更，先给自己爷奶

爹娘磕头，之后便组成一群又一群（一般都是自己亲近的人聚集在一起），串到三奶奶、二大爷、小叔、大婶等大辈分的家去磕头。一大群人吆五喝六拥进屋里，喊着："××，俺给您磕头了。"接着就听到做长辈的回话："来了就算磕了，甭磕了。""来了不磕还行？"众人说着扑腾扑腾跪了满地。磕完头，大人们一般要喝几杯主人摆在八仙桌上的酒，孩子们便接过糖果、花生等好吃的蜂拥而去。

正如新平所言："每次回忆这场面，我就像回到了家，我的心胸顿时就会被家乡风俗的温情所占有，我想家的情绪便会弥漫开来。"

儿时的记忆，浓浓的乡情，通过《磕头》《想念椿树》《遥远的村落》《又闻布谷声》等一系列短小精致、富含韵味的散文淋漓尽致地表达出来，令人忍不住掩卷长思，长叹一声，走向窗边，再次眺望故乡的方向。

新平有着多年的军旅生涯。这一领域我较为陌生，虽然陌生却心向往之。在我们那个时代，参军和上大学是农家孩子改变命运的两条出路。新平选择的是第一条，我选择的是第二条，但对有着英雄情结的男孩子而言，参军或多或少都令人魂牵梦萦。

在这里，通过他形象而生动的文字，让我充分领略到光辉灿烂的军旅生活。在近万字的长文《极地荣誉》中，他这样写道：

在这个属于北纬53°的地方，使我真正心仪已久的不是好看的森林和明丽的江水，而是关于一群警营男子汉的青春风采。

这是一个青春的群体，生活在这片极地上的，除了离他们6公里之外仅有7人的恩和哈达镇政府外，就只有年轻的他们了。

他们与别人不同的是，很看重"恩和哈达"这4个字，他们珍视这4个字，甚至把荣辱与这4个字紧紧地连接起来。

这篇文章，由《征服无人区》《梦里"桃源"》《在那遥远的地方》《融进心灵的恩和哈达》《森林无战事》《光荣与梦想》等几个小章节组成，或描写，或抒情，将森林武警部队在恶劣极地环境中的坚强身影刻画得生动传神，使人肃然起敬，读罢难以忘怀：

没有蔬菜，没有佐料，更没有肉香。他们只能把黄豆泡大了煮着吃，每天重复着疙瘩汤、大米粥。此时，一小坛咸菜显得特别珍贵，每人每顿饭只舍得吃上三两口。生活上的苦可以忍受，但每当几只大熊瞎子旁若无人地走到帐篷附近，向官兵挑衅或与他们对峙时，都使他们极度紧张。夜晚睡觉时，他们都要在帐篷门口点上篝火，轮流加柴，以防发生不测。

尽管如此，他们却苦中作乐，"坐在没床板的床架上，望着透进阳光的帐篷顶思忖了片刻，拿起斧头又钻出了帐篷。他抱回一抱两米长的松树杆，并排放在床架上，然后把背包卷打开铺了上去，这样住的问题解决了。虽然，在帐篷内得穿水靴，床下还有涓涓细流，但疲惫到了极点的他们早顾不上这些了，甜甜的鼾声早已回荡在帐篷里，流淌到外面的原始森林中去了。"

一位评论家说，韩新平善于从一些细节入手，带你走进战士的木屋，爬上瞭望塔，钻进直升机，感受他们的内心世界。在这个物欲横流的时代，有多少人会关注木刻楞上厚厚的冰花、林中盛开的达子香、一遍一遍几乎快要读烂的信函？韩新平却为此眼含热泪，他是那么执着，甚至执着得有些固执……

读过他的一些文章，方知此言不虚。

无论是反映武警森林部队官兵无私奉献、催人泪下的故事，还是游历祖国大好河山的游记，抑或是关于体育运动的切身感受，作者都融入深深的人生哲思，读来亲切可人、回味悠长，难怪不少篇章发表后又多次被各大报刊转载。

在这本散文集里，有几篇关于写跑步的文章让我眼前一亮。

其实，我是一个体育迷。没想到，在这里，竟然又与新平找到了共同的兴趣点。而新平跑步之余，还多有感悟，一下子就写了好几篇，且篇篇带风，仿佛笔下的文字也奔跑起来：

> 跑步是律动的毅力。跑者们为了跑步，披星戴月，栉风沐雨，踏雪跨冰，从不言退。每个跑步的人都有惊人的自律和毅力。如果三天打鱼两天晒网，不仅不会有好的跑量，还会被跑友超越。因此，跑者们都有自己的跑步安排、跑步规划和跑步目标。在时间上雷打不动地践诺，在跑量上循序渐进地增长，在目标上不断超越自我。可以说，每一个跑者都是一个自律的人，都是一个毅力非凡的人。

跑步如此，写文章亦是如此。套用新平的话说，如果三天打鱼两天晒网，不仅不会有好的创作量，很快便会被文友超越。

早就听闻，新平在写作上是快枪手，不管是报告文学还是散文、随笔，说写就写。常常是刚刚接完编辑的约稿电话、听完策划构思，不长时间，他就已经站在编辑面前了，小平头往下淌着汗，稿子从左手递到右手，再从右手递到左手，然后摊到编辑部办公桌上，嘴里谦虚地说着"拙作、拙作"。这一传闻，虽然有点夸张，但可见其用功之勤、运笔之快。

我觉得，这与他雷厉风行的军旅生涯有关，与他常年坚持跑步也有关。写文章又称"爬格子"，劳力费神，实为苦差。如果没有一种浓厚的兴趣和热情，如果没有一种严于律己的精神，纵然拥有天赋，也断难持久。

新平做到了，在大地上一步又一步，在白纸和电脑上一行又一行，日月穿梭，从不停歇，终于走出属于自己的优雅，绽放出属于自己的烟火。

祝贺新平！

李春雷

（2021年12月12日下午作于北京国际饭店）

目/录

岁月沉思

人生如戏

山河留痕

故乡余味

军旅随记

生而为人

人是个有趣的动物。

人有四肢、双眼、毛发、消化道、动脉、静脉、心脏……

作为哺乳动物灵长目类人猿亚目人超科动物，思考世界，征服世界，唯我独尊，似乎无所不能。

虽如此，人类起源、繁衍生息亿万斯年，却难究其源。耳边经常听到无奈的生命叩问："我是谁？""我从哪里来？""我到哪里去？"

破译人类生命遗传的密码，是科学界永恒的使命。他们孜孜以求地试图"还原"人类历史，不断在地球上寻找"蛛丝马迹"。但是，至今获取的认知也只是微小的"碎屑"，真正答案的获取也许还遥遥无期。

生物学家把人类说得有点意思。他们说，人类的大脑，经过与许多动物的大脑从脑重量、表面积大小、单位体积的神经细胞数量等研究比对，认为可以假设人类的智力水平比其他动物更高一些。

这样似乎就可以建立一个大概的自我认知：人类是一种高智力、低体力的动物。

诚然，无论真相如何，能生而为人，其实是幸运的。

你是谁

"你是谁"是故事的开始。

古战场上，两军对垒、开战之前，都要问对方将领："你是哪厮？快报上姓甚名谁，俺刀下不斩无名之鬼！"

"你"，作为人类的沧海一粟，无论是达官贵人还是庶民百姓，无论是古人还是今人，都会有自己的故事。你的故事长也罢、短也罢，好也罢、坏也罢，终将留给时间来评判。人过留名，雁过留痕。你是谁，你便留下怎样的故事。古往今来，有人流芳百世，有人遗臭万年；有人让你温暖肺腑，有人让你恨之入骨。当时，你是如何想的，如何做的？你是忠良还是奸佞？你是谁，历史最终都会给出答案。

可见，我们芸芸众生都是"这个你"和"那个你"。不可否认，每个人都是善与恶的附体。人的善行与恶行，大多是在特定条件下的一念之意。你不是绝对的善人，也不是绝对的恶人。人最熟悉的是自己，最不熟悉的也是自己。如果自己给自己贴标签，需要煞费苦心去权衡、掂量。自私一些的人会掩饰自己的恶，呈现伪善的一面；无私的人会说出自己的缺陷，忏悔自己的过错，选择重新做人。但是，无论你过去是怎样的"你"，历史已经无从更改。如果你在有生之年，可以放下过去曾经的"过"，成为一个向善的人，便可积小善成大善，温暖众人。

非常喜欢一句话："你是谁，你就会遇见谁。"

最近翻看《邯郸成语词典》，我看到了"物从其类"的词条：万物都是依从自己的同类生存，比喻坏人相互依从、勾结。当然，这个成语出自战国时期，到如今其内涵得到承新扩延，多指志趣相投的人相互依从。魏晋名家傅玄在《太子少傅箴》中指出："近朱者赤，近墨者黑；声和则响清，形正则影直。"说明人文环境对人的影响。因此，你是谁就遇到谁，这也是人生一大幸事。最让人可怕的是，你是谁，遇到的却是鸡鸣狗盗、窝藏祸心的"别的谁"，你又没有加以识辨地"愚信"，后果是可想而知的。如此，遇到谁是人生的重要课题，谁威逼利诱，谁见风使舵，谁心狠手辣，谁自私趋利……都需要你"看在眼里，想在心里"，要远离、躲避这些"别的谁"，努力让自己多遇到一些志趣相投的人。

当然，人这一辈子，机缘巧合，遇到谁是缘分，也是命运使然。有的时候，我们无从选择，只能仰天一声叹息。

做啥人

人类文明绵延数千年。

长期以来，人类形成了千姿百态的众生相，儒雅的、慷慨的、粗野的、贪婪的、自私的、邪恶的……每个人都是一个社会符号，每个人都是一个社会历史的人文样本。因而，人的社会属性，促使世界变得多元、复杂，世事难以琢磨。

做个啥人？先哲名士都有过许多经典话语。李白说："天生我材必有用。"老子在《道德经》中说："生而为人，你且修身，你且渡人，你且如水，居恶渊而为善，无尤也。"先哲们的言论，经过千百年岁月的打磨，让人大受裨益。

做啥样的人，有时会受命运和生存环境影响。我自小在农村长大，家长给我的做人启蒙是"做个好人"。至于做个啥样的"好人"，我想这个概念十分宽泛，也没有具体标准。然而，就是这样言简意赅的"启蒙"，潜移默化地融进我的内心深处，成了我人生磨炼的方向标。

当然，我们作为受儒家学说影响的今人，除了修身、助人、向善之外，历代司政把多层面"功成名就"的人当成典范，向大众说教，如诸葛亮、包拯、岳飞、徐霞客、曾国藩、胡雪岩……反面典型，如赵高、秦桧、安禄山等，让人嗤之以鼻，唾骂千年。因此，做啥样的人？良人有榜样，歹人有下场。

时间就是一个睿智的老人，不多言语，一切自有答案。

你一向为善，自有光环罩身；你内心温良，便会感染周遭；你不以出身论英雄，方可结交良善。

唯修行

做人之难，自古就多有长吁短叹。

人生须努力修行。园林花枝，只有不断修剪，才有好看的形状，否则就参差凌乱。人亦如此，无论你的人生是辉煌的、显赫的、富足的，还是失败的、卑微的、庸常的……都是你过往经历的体现。你的名声，事关你自己、家族，甚至国家的荣辱。在人生的漫漫路途上，唯有潜心修行，才会趋向圆满。

修行需要静心。如今，高楼迭起，红尘喧嚣，行色匆匆，心浮气躁。

静心无从谈起，静谧成了奢望。在这样的背景下，有一颗静心，是很有难度的。欲静心，要多思考，让思维活跃起来，让思想舞蹈；要少欲望，对物质需求刚好就好；要多去山林，在自然的天籁里陶冶自己。

修行需要感恩。人生在世，感受自然恩泽，感受众人温暖，生命也由此绚丽多姿。因此，需要有一颗感恩的心，因为感恩是一种修行，自带光芒，给世界以明媚和温暖。当然，感恩无须拿出万贯家财，也无须献出身家性命，但需要你拿出虔诚的心和真诚的行动。

修行需要自律。在人间烟火里穿行，诱惑太多。如果你不能节制欲念，就会沉沦其中。自律是意志和毅力的代名词，有足够的意志和毅力才能自律。面对法规，能否循规蹈矩，不越雷池半步；面对诱惑，能否内心坚如磐石，岿然不为所动；面对目标，能否头悬梁、锥刺股，持之以恒。自律不只是形而上的，更是一种人生的磨砺和再塑。

幸福念

人们越来越被许多迷茫裹挟，对幸福的迷茫尤其凸显。

"你幸福吗？""你感觉什么是幸福？"这些问题很多媒体人追问过，现在仍在寻找。幸福的概念成了我们这个时代的困惑。

年轻时，我背着军用行囊到处疯跑，采写了一些幼稚的纪实文字，后来集结出版了，书名就叫《最幸福的幸福树》。那时，我感受到"幸福"这个词的美好和温暖，把幸福用在书名里，让我感到幸福在周身弥漫。但是，对于幸福的概念和感受，我也常常思忖不定。究竟什么是幸福，我是不是幸福，我时不时追问自己。

记得央视"纪录"频道做过一个深度的电视纪录片叫《幸福在哪里》，就是一次对幸福迷茫的追寻。记者走遍天南海北、踏足城市乡野，不断重复那个既简单又难答的采访命题："你幸福吗？""你感觉什么是幸福？"不同的人面对镜头，或躲避，或慌乱，或不意会，或答非所问。在去青海一个叫德吉（在藏语中是"幸福"的意思）滩的长途客车上，这些去"幸福地方"的人们，脸色被高原的紫外线照射得红里透紫，他们没有粉饰，淡然用诸如"一般""不知道"回答记者。

这部纪录片没有告诉观众幸福在哪里，也没有告诉观众什么是幸福。纪录片的使命就是客观写实，这部看似情节简单的纪录片，却承载了我们许多共同的人生疑惑、悲戚和满足。

很多年过去了，一些镜头依然摇曳在我的记忆里。

著名作家刘恒说："我说不准幸福，却说得准最大的不幸福。逛商业街最大的不幸福是什么？不是没有钱，也不是丢钱，是憋了尿找不到厕所。一旦找着了，进去了，哗，你眼里和心里还有别的幸福吗？"

看来，给幸福下定义是个不易的事儿。是精神的满足，还是物质的奢华？是身体的硬朗，还是心愿的顺遂？真的说不准。我也读过很多关于幸福的文章，大家对幸福的感受形形色色，有的说爱情即幸福，有的说金钱即幸福，有的说感恩即幸福，有的说团圆即幸福，有的说岁月静好即幸福……相比之下，我更认可一位高僧的回答，他说："我私心杂念少，活得简单，随便就感到自己幸福。"

有一千个人就会有一千个关于幸福的诠释。

其实，幸福不是一种深邃的理念，也不是一种哲学的思辨。我理解的幸福是个无形的东西，是一种感觉。它可以是独自的，也可以是共同的；可以是微小的，也可以是重大的；可以是欲望的，也可以是付出的；可以是幽静的，也可以是热烈的……

每个人站在自己的角度看待幸福，会看到远近高低各不同的风采。

世界观

我是个反应迟钝的人。

遇上生分的人，一时间不知如何开场，需要迟疑半天才能打开局面；遇上匆忙的事，有时思维就会停滞，脑袋里往往会一片茫然。

家人说我笨。我想想，也不尽然，应该算是慢热吧，事情过后也能慢慢捋出个子丑寅卯来，旋即能找到自己的思想落点。

爱蓝色

每个人都有对某一种色彩的喜好，因此就有了斑斓多彩的世界。

色彩令人炫目，我们不知道具体有多少种色彩。每当在画廊看到色彩鲜艳的油画和水粉画时，我总能感到色彩的缤纷和充盈。色彩有它强烈的个性，红的热烈、黄的温暖、白的简约、青的蓬勃、紫的祥和……色彩能够弥补人们精神感官的需求。

在众多的色彩中，我唯独偏爱蓝色。

可能是一种心灵的感应，或者说是与生俱来的暗示，蓝色占据着我的内心，盘踞在我的意识深处。我自然对蓝色多了一些亲近。我看到，在许多色彩中，唯有蓝色翘楚。它泼墨大自然，让天蓝海蓝；它挥染心地，让人宁静惬意；它装点画面，显现卓尔不群。人们喜欢仰望天空，让蓝色的云天从眼际飘过，感受博大、空旷和沉静；人们喜欢到岸边看海，感受蓝色世界的汹涌、无垠和无常；人们崇尚蓝色，感受大千世界的庄重、清凉和大美。草原上的牧人，会向尊贵的客人献上蓝色的哈达，以示祈福；人流中一袭蓝色的衣着，往往与众不同，分外显眼；在大自然里，石头因蓝而身价倍增，彰显名贵气质。

深蓝、浅蓝、天蓝、海蓝、宝石蓝……我不知道有多少种蓝，但蓝色的深邃和玄妙让我深深敬畏。

喜欢一种颜色，何尝不是一份心灵的独白呢？

交朋友

我喜欢一句蒙古族谚语："没有不需要翅膀的鸟，没有不需要朋友的人。"

经历了人生周遭的行走，感受到朋友的力量、朋友的温暖和朋友的喧闹。

想想，没有朋友是什么境地。也许是孤独、寂寞、难熬、郁闷，也许是安静、独善、简单、自我……我不知道，那是一种什么样的味道。然而，我是喜欢有朋友的感觉的，择朋而群，熙来攘往，除却单调怅然，生活里自然就多了一些精神依托。

掐指算一下，我的朋友不少。男的、女的，老的、少的，部队的、机关的，外地的、家乡的，亲密的、疏远的，随着时间的游走像雪地上的雪球越滚越多。至今，我都不能准确知道自己到底有多少朋友。遇到多年没联系过的朋友打来电话，愣是想上好长时间才能对上号，有的说了很多曾经的情节，我竟然想不起来，对着电话一片茫然。

朋友多了，对朋友也有了一些禅悟：有的千里相隔，心却走得很近；有的一句简短的问候，却让人感到温暖直抵心灵；有的淡然面对滚滚功利，坚守着一份初始时的承诺；有的语言炙热烫人，却毫无心灵的温度；有的视物质利益为标准，用价值来衡量友情；有的整天缠绵在一起，组成形影不离的惯性，内心却相距甚远；有的貌似亲近，背后却不停地使绊子；有的在酒桌上觥筹交错，喝得天昏地暗，再见面却形同陌路；有的只是一面之缘或者一手相握，根本谈不上朋友……朋友的种类繁多，朋友的内涵也被物质时代冠以别样的诠释。

有哲人说：人这一生挚友也就三两个。

我深以为然。

夜生活

当初，我是喜好夜生活的。

华灯初照，我曾经为夜的来临平添一些无名的激动和亢奋。

城市的夜晚，路灯璀璨夺目，大楼在流光霓虹中静穆着，让人感到夜的神秘。女人们略施粉黛，盛装出门；男人们也去心似箭，奔向夜的生活里。

车流匆匆，车灯颠簸着漆黑的夜幕。人们心揣夜梦，在夜幕下氤氲着。不知何时，人们都愿意游牧在夜色里，心照不宣地放纵自己，麻醉自己。在林立的酒店里，在奢华的雅间里，大家交易着酒量、交易着欲望、交易着平时不屑的情感，从喝酒到吐酒，从清醒到迷乱，从文雅到粗俗……人们都醉了，只有夜清醒着。

一个场合终结了，便又转场茶楼或唱歌的地方。累加的酒精让酒客更加迷醉了，或欣喜，或悲鸣，或迷离，或放荡，直到失忆无知的份儿上，才有了踉踉跄跄的回归。

在时光的更迭变幻里，我对夜生活曾经的那份向往和炙热，被夜色一点一点吞噬了。夜生活于现今的我，已经没有了那种神秘和吸引力。

我悟到，夜生活撕开面纱，只剩无聊的重复。

看小说

阅读小说，是我每天晚上睡觉前的"必修课"。

因为没有受过大学这座"象牙塔"的熏陶，也没有导师的谆谆指引，我对其他学识的兴趣没有很好地培养起来。

读小说是无师自通，常常读到夜不能寐。

许多作家都是我在阅读他们的小说作品时熟悉的。譬如，鲁迅、路遥、铁凝、夏洛蒂·勃朗特、海明威、陈忠实、张贤亮……还有一些忘记了名字的作家。喜欢他们的作品，敬佩他们观察的眼光和娴熟的写作技巧，是他们给时代做了生动的记录和留影。

20世纪80年代初，我读了很多遍路遥的小说《人生》，小说的主人公高加林是高中毕业，我那时是初中在读生。我品味着小说客观的叙事，体会着跌宕起伏的情节，以及感受冲破时代的禁锢。《人生》给我带来的冲击和影响是巨大的，我感受到农门寒子共同的经历，深深地为高加林的世俗和自私愤怒，为巧珍的善良和大义而震撼，同时为命运捉弄人而无奈。这篇小说让我开始思考如何做人、如何处事、如何改变命运，这对于我来说是一个相当宏大的人生命题，同时也真正感受到小说的力量。之后，我开始喜欢读小说了，陆续读了《男人的一半是女人》《平凡的世界》《简·爱》《约翰·克利斯朵夫》《青年近卫军》《老人与海》，读了一些现在都记不起名字的中外名著。那些小说，那些小说里的人，那些小说里的故事，都给我心灵深处带来一份新的沉浸。

现在，我很少读那些长篇巨著了。最喜欢的莫过于短篇小说和中篇小说。对那些书写当下生活的新锐作家的中短篇作品更是喜欢。每晚睡觉前，我都会莫名的亢奋。这种劲头，与其说是认识一部小说，还不如说是洞察作家对现实生活的新思考和新发现。我每每拧亮床头灯，手捧小说或杂志，精力旺盛时会读三两篇，体力最不济时也要读一篇。很多时候，思绪就会随着小说情节而动，为小说里的故事发展而揪心，为小说里的爱恨情仇而悲欢，为小说里的命运不公而唏嘘，为小说里的岁月静好而舒然。

我读小说，是一种随性，也是一种阅读的惯性。一些小说读了随即就忘了，犹如熊瞎子掰苞米，读得多忘掉的也多，只怪自己的记忆力不济；一些小说能隐隐约约想起，也许是某一个情节在我长久的岁月里缠绵不灭；一些小说读了就再也忘不掉，那些细节伴随着我的生活，不时地在记忆里显露。

读小说，不只是读文字，关键是读我们的与别人的浓缩的时代和人生。

午后斜影暖

人到中年，就进入了人生的午后时光。准确地说，是申时时刻。此时，暝色未启，斜影瑰丽，光润万物，暖意静好。

中年之人，像饱经风雨的山石，也像久经打磨的老玉，还像一匹默默耕耘的老马。虽然思想通透达观，懂得世味冷暖，但没有了青春激荡和功利心，身体虚弱，人生似乎逐渐进入低谷。

但是，中年绝对不是人生的衰落期，只要学会适应、享受并与之和谐相处，依然热烈而美好。

50岁，知天命之年。

此时也许你在单位的能力颇强，让人不可小觑；也许你的事业有成，做得风生水起；也许你的野心尚存，有仕途未竟之心愿。但是，步入中年，无论你有多自我良好的感觉，有多大的能力，有多完美的梦想，都需要进行重新定位。

记忆力逐渐衰退。总是提笔忘字，在脑袋上抓挠半天；说起某个熟悉的人，就是想不全名字；说好的约定，到时候忘得一干二净；即使最亲近人的生日，也会记不住；一些曾经滚瓜烂熟的经典语录莫名忘记。

精力不再充沛，总是有疲惫感。在午间的工作台上总要眯上一会儿，通宵加班少了你的身影，集体户外活动有时借故不参加，组织协调的事儿更不那么积极，不会花更多精力去思考一些前瞻性思路。

激情已经微弱。没有了慷慨激昂的演说，不再兜售感悟和经验，不再夸下海口攻克难关，几昼夜连轴转完成使命的经历成了历史，"舍我其谁"的激荡气概淡化了……

因此，到了50岁，要理性看待自己，承认自己的"衰老"；要懂得取舍，懂得急流勇退，把机会让给摩拳擦掌的年轻人；要努力"换一种活法"，把目光转向远方。

尼采说："每一个不曾起舞的日子，都是对生命的辜负。"

中年人面对新的人生境地，需要经历心路磨砺，需要再斩棘出发，而不是徒增哀叹。

人到中年，很多人都会不自觉地发出一声叹息。年少时的梦想未圆，鸿鹄之志未竟，家境未达殷实富足……辛弃疾在《贺新郎·用前韵再赋》写道："叹人生，不如意事，十常八九。"人生没有十全十美，追求极致往往是一种病态。人到中年，必须放下功利得失心，努力做一个让内心朴素、心灵轻盈、精神抖擞的人。

每一个年龄段都会遇到不同的困难。面对坎坷，面对病痛，面对挑战，面对人潮汹涌的社会，究竟该如何对待？是直面相向，还是胆怯、退缩？不同的态度就会有不同的结果，如何抉择成为摆在每一个人面前的人生课题。我曾看到一则新闻，深深为之感动：西安八旬老人陈金钟，用6小时14分跑完全程马拉松。他在运动衣的背面印着红色大字："年龄81，我在你前面！生命不息，跑步不止！"在比赛现场，一个耄耋老人像一面猎猎飘动的旗帜，激励着无数跑步达人。

有人说，中年遇到的挫败，无疑是人生岁月里的冰冷雪霜。人到中年，经受风雨的承受力减弱了：也许是自己此生无大成就，也许是病魔缠身，也许是形单影只……任何挫败都会让沧桑、斑驳的心灵战栗。其实，人生谁又能不面对失败呢？无论哪个年龄段，面对失败的"法宝"就是要有一种屡败屡战的韧性，如果败一次就爬不起来，那是人生的悲哀；如果一次次面对挫败，一次次站起来，那就是人生赢家。还有一位七旬老人，名叫康连喜，他58岁那年做起了大学梦。他每年都参加高考，这期间只有一次收到录取通知书，但因专业不理想放弃了。至今，老人总共考了17次，但他依然执着追梦。我感觉，老人考的不是大学，是一种信念。信念在，行动的步伐就不会停止。

黑格尔说："理想的人物不仅要在物质需要的满足上，还要在精神旨趣的满足上得到表现。"

人在中年，无须胆怯，无须拘谨和羞涩，应该毅然走进喧嚣的烟火里，去参与、去体验纷繁的世界。即使做不到诗意生活，也要让中年岁月热烈奔放。

当然，中年人的生活方式不同，有的人向往宋代诗人释祖钦在《偈颂七十二首》中所写的意境："掿著通身俱是眼，半窗疏影转斜阳。"任凭一窗金色奔涌入庭，窗棂的长影悄然影印在地板和墙壁上；花枝的叶片被光明照得纹路通透，像一蓬熠熠发亮的碧玉；金辉斜照在陈旧的家具上，岁月浸润的光泽寂然绽放；手里捧着半卷发黄的诗书；一杯红茶，轻烟缭绕，雾气消散在递进的时光里……

　　有的人喜欢山野丛林。彼时，伫立在山巅之上，远眺峰峦迭起，看层林尽染，听野风的呼啸和河流的潺潺。此刻，可以在寂静的山野撒欢，也可以向远处吼一嗓子家乡小调，或吟咏几首应景诗词。在城市水泥森林待久了，到大自然中去，融入自然，品味大自然的神奇，把市井的繁琐和生活的重负卸掉。孔子说："智者乐水，仁者乐山。"山水承载人类的深邃哲学，孔子道出自然与人的和谐之美。走进山川河流，走进阡陌田野，做一个仁智的、怀揣诗意的中年人吧。

　　有的人喜欢挑战自我。年过五十，许多中年人不甘平庸，身体里仍储藏着一股不服输的劲头。在马拉松跑道、球类赛场、山地越野比拼中，在广场舞的律动里，在竞技项目中，都活跃着中年人的身影。这些中年人到外地参加比赛，不会在意获不获奖。走遍天下，旅游、品美食，让操劳半辈子的身心得到放松，为平淡的生活赋予几分浪漫。

　　有人说："中年是老年的青春期。"这话不假，面对人生的又一个青春期，作为中年人不仅要珍惜，更要善待和积极面对。

优雅的烟火

"生活不止眼前的苟且，还有诗和远方的田野。"

这句歌词直抵我的内心深处，让我感受到琐碎生活里的一缕阳光。

人到中年，经历世事如麻，但内心强大、丰盈，不易被世事所左右。然而，这种强大里面也裹挟着万般柔弱的多愁善感，有时很容易被一句话、一个镜头，抑或一段文字感动得热泪盈眶。

我喜欢文字。忽然回首，自己从戎、从政、从业已经30多年了。这些年，或在营盘青春涤荡，或在机关谨小慎微，又或在企业上下奔忙，辛勤、心酸和努力，如昨天的梦影，随着时间远去。回忆过往，有些往事依然清晰，有些往事模糊有痕，有些往事就荡然无存了。这也是无奈的事情。随着年龄的增长，记忆力已大不如从前。然而，我翻看以前的文字，一些往事扑面而来，我的岁月在时空交错中闪现。

我是个笨拙的人，喜欢写文字。在部队十几年，写出点名堂，也获得不少荣誉，让我的人生有了一些精彩和惬意。用朋友的话说我："是个会写字的人！"这句话让我颇为得意。后来，转业到地方后，近20年的时间，忙碌无序。在喧嚣的红尘里，竟然许久写不出一行文字。于我来说，生活里没有文字出没，就如食无佐料，极尽索然无味。好多时候，内心深处都会对自己虚度光阴而懊恼。我琢磨，我不能让苟且的生活把我湮灭，我需要用有温度的文字来丰盈我的余后岁月。于是，我开始用一些零碎时间，尝试写一些旧体诗词。这样的生活已有几个年头了。我的生活里被一句句平平仄仄的优美格律充实起来。

刚开始，我对旧体诗的写作概念不甚了解，有感便仿照古人的模式，动笔写五绝、七绝、五律、七律。后来不甘写几句格律，直接尝试填写知名词牌，像"菩萨蛮""满江红""临江仙""蝶恋花""莺啼序""六州歌头""木兰花慢"等几十首词牌和长调词牌，内容涉及登高、归乡、聚欢、感喟、易季等，特别是根据阿炳和"四大美人"西施、王昭君、貂蝉和杨玉环的历史典故填写长调词牌。那时候说痴迷也不为过，昼夜思谋，潜心研究，不到两年的时间就"作品"很多了。后来，好友赵勇贤弟把我的这些"作品"编辑成图文并茂、籁乐萦绕的"专辑"，推送到"美篇"APP上，获得阅者接踵，还赢来不少赞誉。

自以为是是人性的缺陷。但是，那时候我感到自己的旧体诗颇有些成绩，遂拿着自己的"作品"，拜见内蒙古诗词大家单学文前辈。单老待人和蔼，翻看了几篇我的"作品"后，说我文字功底尚可，但作为旧体诗未讲究格律，韵脚也押得平仄混乱。如果按照近体诗标准来衡量，差距还很大，要说与古体诗相近也勉强，最多算自由诗。单老还拿来韵谱和词谱，对照词牌格律指导我，并且告诉我旧体诗创作遵循的方向。听着单老循循善诱的话语，让我再一次深刻感受到"无知者无畏"的羞愧。

诚然，中华文化博大精深，五千年来哪个"才人"不是读书万卷，行路万里，才写出千古绝唱。历代大文豪的惊世绝句，哪个不是茶饭不思，殚精竭虑，怀揣着"语不惊人死不休"的劲头创作出来的。这些经历和思考，让我觉醒，让我懂得旧体诗的创作不能太随意，也不是轻易就能学会的，要讲究格律和押韵，还要讲究对仗、意境和古韵，遵循"篇有定句，句有定字，字有定声，联有定对"的"黄金定律"，创作出来的旧体诗才能得到专业认可，甚至创造出社会价值。

孔子在《论语·阳货》中曰："《诗》，可以兴，可以观，可以群，可以怨。迩之事父，远之事君，多识于鸟兽草木之名。"他告诉我们，诗歌可以激发情志、观察社会、交往朋友、怨刺不平。近可以侍奉父母，远可以侍奉君王，还可以知道不少鸟兽草木的名称。诗歌的魅力，可见一斑。我虽然对诗词创作没有入门，但也不愿意半途而废，选择从头开始。我买来《平水韵》《中华新韵》，仔细研习；也买来《唐诗鉴赏》《宋词鉴赏》，反复揣摩；还对李清照、纳兰性德的诗词掩卷咀嚼，常常被那些唯美的韵律和意境感染。

由此，没有了先前无视诗词深奥的狂妄，对诗词有了更深刻的思考。我感觉，历代大家留下来的诗词，让人明事理、知人生。他们的文字，或寄情，或写意，或悲凉，或凄美。有的着意相思苦恋，有的寄情春风得意，有的写尽失落彷徨，也有的渲染孤寂怀念。不管是何种意念表达，都能映照我们的内心。这些文字穿越千年，既亲切又温暖。这些经典诗词，写尽历史云烟和人生悲欢，也直射当下人们的内心深处。读诗词，何尝不是读历史，何尝不是读人生和自然。

对诗词的渐进理解，让我产生敬畏感。我不是一个善罢甘休的人。我开始按照诗词格律，谨小慎微地创作旧体诗了。现在，我又写出几十首诗词，虽说"作品"仍粗笨不堪，见不得"世面"，但也给我的精神增添了几分享受，让我在喧嚣和人间烟火里感受一份独特、一份清凉和一份静谧。

有人说看不懂我的诗词。我理解，我也不求众人理解，因为我的用意、用字和谋篇，是我个人的想法。再加上我的文学功底浅薄，诗词创作刚起步，这些"蹒跚学步"的"诗作"，只能当成一种生活里的随意感悟，是登不上大雅之堂的。这样想，我便释然了，也常常在闲暇时回头看看我的拙作，倒也有些自恋的意味了。

故乡是心里永久的挂念，每次回乡都有深深的感触，是时，我创作了《七律·回乡感怀》：

黎亮鸟弹沉梦醒，春深风动麦苗新。
乡音浓郁惊游子，旧识横秋叹岁陈。
陋室残墙青草猛，长街曲瘦艳花熏。
别家数载多重念，故里匆忙尽远尘。

与友品尝鲈鱼，想起辛弃疾《水龙吟·登建康赏心亭》里的"休说鲈鱼堪脍，尽西风，季鹰归未?"随之创作了《七律·偶品鲈鱼记》：

浅水垂钩酌获喜，半天鱼漂弋波冲。
忽看梢上弯直下，匆促回杆便有成。
尺长鲈鱼活蹦乱，铁锅沸滚火烟腾。
满席肴菜独鲜物，一盏浓香做季鹰。

参观静叶先生墨荷大写意画展，见画作幅幅写荷，恣意挥洒，浓淡有法，笔锋老到，或菡萏，或艳绽，或惨败，幽静淡定，禅意自生，创作了《七律·观静叶先生墨荷大写意画展》：

一壁丹青彩墨陈，百姿莲荷栩犹神。

笔锋娴辣出哲意，写尽禅儒远垢尘。

走遍千峰山顶陡，来别名刹漫途奔。

醍醐灌顶终得悟，静叶无声自问根。

一次爬山，登高望远，远眺乡村阡陌，写了《菩萨蛮·爬大青山随记》：

青山欲绿春风抵，绿波倒影飞鹰起。

得空外边行，倦心惬意盈。

高巅极眼俯，村寨炊烟暮。

脚野不思归，形夕却闭辉。

回首过往，自己作为芸芸众生之一员，也常常自省，填写了《临江仙·自省》：

历过昨昔平淡事，喜悲欢唱之间，

纵然豪爽酒杯干。不为深划谋，只为素心宽。

蓦有忖思酌长短，几多庸丑倪端。

夜深难寐却生烦。

鸡鸣晨色欢，见满目人烟。

…………

  在平淡的更迭里朝夕穿行，在喧嚣的盲从里浑噩度日，在琐碎的烟火里机械重复，在无常的故事里悲喜交加……

  如此，用温暖的文字来记录生活点滴，给苟且的生活添些意境和诗意，努力让自己活得从容些、真实些、浪漫些。

倾听岁月

伏尔泰说："耳朵是通向心灵的路。"

倾听一些声音，有时会有感动、有陶醉，有时还会有愤怒和茫然若失。即使这样，我们仍喜欢去听，无论是听过的、未听过的，或者是美妙的、刺耳的，其实都可以去听听。

倾听是一首诗

古代先贤是喜欢倾听的。

在许多中国山水画里，我们都可以看到先贤们站在高岑之上，迎风仰首而伫。他们在"听"，听风，听雨，听虫鸟争鸣，或许也在听自己内心的禅意和彷徨……

唐朝诗人常建的"万籁此都寂，但余钟磬声"与李白的"拨云寻古道，倚石听流泉"有异曲同工之妙。常建的这首诗描述了他清晨到破山寺后，看到阳光、鲜花和碧波潭水，以及周遭静谧的氛围，感受到自然界的声音全然消失，全心享受着寂静的时空，此时无声胜有声。但是，偶尔传来低沉而悠远的钟声，让后禅院禅意更加深远，寥寥几笔便写出非凡的境界。

南宋诗人陆游也是喜欢倾听的。虽然他在官场失意，但他仍然会认真倾听，可见诗人对时事和民生尤为关切。他在《临安春雨初霁》中写道："小楼一夜听春雨，深巷明朝卖杏花。"他在京城的小楼里听尽了一夜的春雨淅沥，便知道翌日一早，深幽的小巷会有人叫卖杏花。他在《秋怀十首末章稍自振起亦古义也（其二）》中还写道："酒尤不可缓，倾听糟床注。"他觉得喝酒这么美好的事情，不能等待了。听着糟床出酒的声音，是何等的享受。

欧阳修怀揣自由主义情怀，挥毫写出著名诗句："百啭千声随意移，山花红紫树高低。"他希望鸟儿们在花丛中穿行舞动，在树丛中蹦跳翻飞，还能唱着欢快的歌儿。他接着写道："始知锁向金笼听，不及林间自在啼。"这个时候他才懂得，就是把鸟儿们装在金笼子里，也不如把它们放归大自然活得那么自由自在，叫得那么悠扬、婉转和动听……

先贤们已经远去，背影已经模糊，但是吟诵他们关于倾听的诗词，让我们懂得倾听的浪漫。

倾听是一种禅

学会倾听自然，不仅仅是畅听自然万物的声音，更能得到心灵的宁静和参悟。

盛夏傍晚，来到池边凭栏远眺。只见暝色斜映，荷塘内的荷花引茎曲上，摇曳缤纷，红的、粉的、白的、紫的，让人目不暇接。圆圆的荷叶翠绿欲滴，稠密如席，微风吹过，掀起一波波绿浪。蜻蜓挥舞着透明的羽翼，时而接近菡萏，时而腾空高飞……此时，园内游人稀疏，我趴在玉石栏杆上，仔细倾听——似乎听到风的轻吟、花朵的开裂声、蜻蜓的呢喃，还有碧水潺潺……心静下来了，似乎什么声音也没听到。周遭都是静的，真想这样静静地待着，在这样一份寂静里多待一会儿。

常常，攀上高山之巅，听风过耳的声音。是时，着意放空自己。看着低天云朵，呼啸着掠过头顶；敖包上的彩色经幡，载着人们的祈福，在高处翻飞舞响；雄鹰长嘶声远，恣意盘旋；山林枝叶随风飘动，演奏着低沉的交响乐曲；不知名的小虫，也叽叽喳喳演唱着……大自然是神奇的，它不仅是出色的丹青高手，其泼墨的江山画卷是无人能及的技巧；大自然更是音乐大师，其"演奏"的自然之音、天籁之声，也是无人能及的极音。人在山野，只需要静下来，屏住呼吸，用心去听。这些自然之声或是粗野的，或是细腻的，或是轻微的……都是有节奏、有韵律的。此刻，无论你是达官贵人还是一介布衣，只要你愿意倾听，你就会感受到大自然的无私赐予，就会深深陶醉其间。

年轻时，曾经多次穿越森林。比起其他地方，森林里可是个享受"听觉"的好地方。在莽莽苍苍的森林中穿行，休整时，坐在参天大树下，听见林中细流在叮咚，松涛在沉吟，野鹿在欢鸣，百舌在交响……倾听森林，是热烈欢快的，也是生机盎然的。这里远离人间烟火，远离纷繁热闹，听到的都是大自然的原声，都是万物生灵的真音。每一次获得这样的倾听，都让凡尘之心，回归本真，变得博大，深受洗礼、涤荡和净化。倾听森林，依然希望再有一次成行的机会。

倾听是一股暖流

人和人之间，有了倾诉和倾听的过程，心与心之间便有了暖流。

不久前，我到一家烧麦馆吃烧麦。进门就看到食客众多，走到里面找了个空位坐下，看到餐桌对面是一位穿着红色环卫工服的老人，60岁左右。出于客套，我与老爷子打了招呼。没想到，老爷子是个健谈的人，在交流中自豪地说自己有低保，有住房，特别是说起自己的孩子大学毕业后，仕途发展得不错。话语间，老爷子始终洋溢着幸福、满足的惬意。我不时点头许以赞许，显示出我倾听的快乐。于我而言，这是一次不期而遇，一次微不足道的倾听。虽不是什么大不了的事儿，但是这次短暂、美好的倾诉与倾听，也许会让老人开心许久。

有时候，倾听是一种心灵的救赎。偶有一个乡弟邀请小聚。他在酒席上酒过三巡后，便号啕大哭。我纳闷，他生意做得风生水起，称得上是成功人士，为什么如此伤感？他就借着酒意，诉说做生意的艰辛与不易，说了办事的伏低做小经历，说了思考企业发展的失眠折磨。他借着酒意，反复诉说着这些压在心底的烦恼。我耐心地听着，直至午夜他从醉意中渐醒，说："谢谢哥能听我说这些，说出来就痛快多了。"是啊，他的一席倾诉，在外人看来是酒话，但对于他本人来讲是一种苦恼积压的释放。他倒出了心里的"苦水"，生活里也就多了一些轻松和愉快。

唐太宗可谓倾听的典范。有一次，唐太宗问魏征："历史上的人君，为什么有的人明智，有的人昏庸？"魏征说："兼听则明，偏听则暗。"魏征举了历史上尧、舜从善如流和秦二世、梁武帝、隋炀帝等偏听误国的例子，唐太宗听后深以为然，当即委任魏征为谏议大夫，之后又提拔他当宰相。为了使大唐民富国强，他先后向唐太宗进谏200多次。这些都成为善于倾听的唐太宗治国理政的一个个"锦囊妙计"，成就了大唐盛世。魏征去世后，唐太宗痛惜道："魏征没，朕亡一镜矣！"并亲自题写碑文怀念爱臣。魏征与唐太宗君臣之间的进谏和纳谏的故事，虽然时代久远斑驳，却成为一桩温暖的佳话。

倾听是一种浪漫，是一种丰盈，是一种修养。我们有什么理由不多去听听呢？

别样的美

世间万物，不缺乏美，缺乏的是发现美的眼睛。

美的物，美的文，美的瞬间，美的意境。细腻的，粗犷的，匀称的，抽象的，浑然的……无一不让人怦然心动。

每个人都有自己的审美观，有自己的审美逻辑和审美偏好。不过，你自己看到的美，才是你欣赏的、迷恋的美。

笨拙的意境

笨拙，在《现代汉语词典》里的解释是：笨，不聪明，不灵巧。

但是，在我们心里很少把笨拙当成一种贬义来看待。

笨拙是一种形态，是一种思维方式，是一种不被轻易发现的"内敛"之美。

想象笨拙之美，首先会想到"国宝"熊猫。熊猫肥硕似熊、丰腴富态，头圆尾短。它没有华丽的装束，只有黑白相间的绒毛；它行走笨拙、缓慢，一步一摆，韵律浑然。熊猫或食竹，或攀爬树枝，或侧卧伸展，或相互嬉戏玩耍，姿态憨厚朴拙。熊猫之美，在拙，在笨，在缓，在浑。熊猫存在的意义，不仅是地球上的"活化石"，而且是自然界动物多样性的呈现，更证明了一个人文内涵——笨拙之物也是一种美，并且是大美！

我不善书法，倒是喜欢在古城市肆和山野之巅看牌匾和碑石。因为刻在牌匾和碑石上的字，古朴苍劲，粗犷若拙，无不例外地充满金石的味道，堪称书法界之翘楚，给人以一种沉淀岁月的厚重感。看过颜真卿的碑刻，看过康熙皇帝的题字，看过泰山种类繁多的石刻，看过老城古巷林林总总的牌匾和楹联……这些雕刻在木石上的烫金和彩墨题字既朴拙、浑厚，又遒劲、自然；既巍峨、饱满，又含蓄、霸气。这些正体现了清代书法家傅山的书法理论："宁拙毋巧，宁丑毋媚，宁支离毋轻滑，宁真率毋安排。"书法贵在笨工，贵在拙朴，贵在力道。书法之底蕴，书法之真谛，书法之灵魂，无外乎朴拙苍劲。

如果一个人笨拙，就极有可能被现代效能社会所淘汰。但是，曾国藩作为晚清第一名臣，他的人生哲学很独特——崇尚"笨拙"。他说："天下之至拙，能胜天下之至巧。" 曾国藩年轻的时候走上科举之路，靠的完全是笨劲。他秀才考了9年，但是"拙"往直前，4年后又中了进士，而其早早中了秀才的一些同学，却连举人都没有考上。他总结自身经验说，"拙"看起来慢，其实却最快，因为这是扎扎实实的成功，不留遗弊。曾国藩"大巧若拙"，出身普通的耕读家庭，成为中国近代政治家、战略家、文学家、书法家。曾国藩，留下了一段笨拙励志的历史。因此，笨拙并不完全是贬义词，也是一种极致的毅力和功夫。

简约的时空

现代生活节奏飞快，人像陀螺一样旋转不停，身心疲惫不堪。简约，便成为一种心灵呼应和渴望。

当然，简约不是简单。它是艺术的、抽象的，还是简洁的、独特的？经过认真思考，我也未能为"简约"归纳出具体的概念。但是，"简约"是大家喜欢的、追崇的。

我对色彩的偏好，不是多姿多彩，而是单个的色彩。欣赏色彩缤纷的油画和水粉画，就会有窒息感。鲜艳无过，但是于我而言，鲜艳是哗众取宠，是色彩的狂欢，失却了个性和独特。欣赏国画就会感到一股清丽的气息扑面而来，挥毫泼墨间，浓淡相宜，轻重相依，虚实呼应，近远有空。一毫黑墨，一个色调，便氤氲成一幅山水画卷。对于一种色彩的欣赏，虽然属于自我的爱好，相信也有不少同感者。你看，黑色的庄重，白色的高洁，蓝色的浪漫，红色的热烈，黄色的温馨，绿色的生动。无论你喜欢哪一种颜色，都是时尚简约的。如果集多种颜色于一体，就会显出庸俗气。简单为美，用色也同理。

我犹爱欣赏兰花。一幅兰花图，寥寥几笔，兰花的清、气、神、韵便跃然纸上，堪称"最简约的艺术品"。在书画界，画兰花不称"画"，而说"写"，这是因为画兰花是以中国书法为功底，人们欣赏这些以兰花为主题的国画时，往往注重其书法的功力。黄居寀、仇英、郑燮、石涛、齐白石、张大千等古今大书画家都喜欢写兰。几片稀疏兰叶，在写兰大家手下，或剑锋，或婀娜，或斜横，或参差，或重墨，或轻描，风格迥异，意境也各有千秋。看兰图，也看画面占比较大的留白，空白之意，与几蓬兰叶虚实相衬，便形成简约的艺术作品。兰花图简约，但是其艺术分量却不轻。

我喜欢简约型的生活方式。欧式古典的繁杂，中式古典的精工，都会使我感觉沉闷和压抑。无论是实木的家具，还是布艺和藤艺的家具，简美和灵巧最为重要。可以是美式的，也可以是简欧的；可以是花纹布艺，也可以是艺术藤条；可以是皮具风格，也可以是钢铁特色……但是，最忌讳各式混杂、密不透风的摆设。家具置办，力求简洁、有艺术感，再留有足够的空间，就会生活得很舒适、很惬意。

声音的魅力

可以想象，如果世界上没有声音，该是何等的枯燥和寂寞。

天籁、美声、弹舌、嘶鸣、啁啾、怒啸……这些形容声音的词语在泛黄的书页上生动地跳跃。

古人曾为声音陶醉——戎昱在《闻笛》中写道："入夜思归切，笛声清更哀。" 韦应物在《滁州西涧》中写鸟鸣："独怜幽草涧边生，上有黄鹂深树鸣。"崔道融在《鸡》中写卯时鸡鸣："深山月黑风雨夜，欲近晓天啼一声。"……诗词的魅力，莫过于对万物声音的描写。

最令人震撼的声音，当数姑苏城外寒山寺的钟声。时逢跨年，午夜时光，灯火朦胧，一片寂寥。那一百〇八声钟响，厚重，阔亮，悠远，回荡。钟声响起，传遍市街、古巷，传向山野、苍宇，在洪钟声中，人们迎新，祈福，欢度盛世。

多年前，我到中蒙边界的满都胡宝拉格镇采访。正赶上草原最好的季节，夜色如银，草香弥漫。我在似睡非睡中，突然听到隐约传来尖利的嚎叫："呜——呜——呜——"是狼叫声！有叫声、有回声，显然不是一只狼。白天就听牧民说，狼经常出没，咬死好多只羊。仔细听狼叫声，由低至高，起伏不定，嚎声悠长。这是它们在做战前动员？在呼唤？在诉说？在演唱？无论狼叫声是一种什么样的意义表达，但有一点可以肯定：在苍茫草原的深夜，只有它的声音能撕破黑夜，穿透寂静，响彻天宇。至今，这个声音经常在我的记忆里回荡。狼嚎，不也是一种自然美声。

还有一种声音让我迷恋，那就是世界非物质文化遗产呼麦。无论音乐多么高亢，只要呼麦艺术家喉音一响，那清脆、高远且带有金属声的高音旋即在耳畔缭绕。呼麦是一个人同时唱出两个声部，声带发出的是低沉的基音，而口腔发出的是高亮的泛音，加上气息的调控，口腔共鸣点的变化就可在高音部形成旋律，形成多声部形态。看呼麦表演，你的眼前会呈现出自然的景致：河流潺潺，草原辽远，羊群涌动，骏马奔驰，苍鹰翱翔……

世界之美，万物之美，文化之美。

美，无处不在，但须留心。

玉尘斜飞皆寂静

冬月，又见大雪。

雪，穿越亘古，一场又一场。每一场雪的降落，都是对烟火人间的一次洗礼。即使是凡夫俗子，也会在落雪的情境里品味内心寂寥。古今文人墨客，对雪更是情有独钟，不惜笔墨渲染，绝句墨典不胜枚举，塑造出一种浪漫的文化符号。

堂里品味：一天落雪听清音

这是今年冬天的第二场雪。

落雪无声，喧嚣的城市安静下来。我在书房里，关掉灯，站在窗前，看着亮如白昼的窗外——鳞次栉比的楼宇和街巷浑然一色，即使平时风驰电掣的车流，也变得谨慎而缓慢，透过橘黄色的灯辉仍见稠密的雪影斜落。

好久没有这样静静地欣赏一场落雪。雪，给人带来的不仅仅是视觉洁净，更是内心的静谧。落雪无声，又似有若无。虽然凡身素胎，但此时似乎听到一种天籁在交响，感到漫天雪花在狂欢，感受万物在享受自然恩泽。落雪无声，鼓楼的钟声响过，次第传远，逐渐微弱，让人仿佛回到烟火人间。

在城市里，看到年轻人早晨揉着惺忪的睡眼，照料孩子起床、吃早点和送上学，之后再车马奔急地去工作。他们朝九晚五，经年累月，周而复始，匆匆忙忙。看到老人们儿孙绕膝，牵肠挂肚，鬓霜日重。每个人都为生活所累，都会情不自禁地发出一声叹息。

谁为岁月而歌，谁为一场风花雪月而陶醉？夜唱也许是歇斯底里的释放，看风景也许为舒缓生活的重压。

无论你选择怎样的价值体现方式，都要给心灵留一个浪漫"接口"。随便接通什么，可以品茗捧卷，可以纵横山水，可以挥毫泼墨，可以浅吟低唱……

毕竟，人生不是为了苦行僧般的修行，应该有阳光、有歌声、有风景，还应该欣赏和品味一场雪。

踏远孤影：纵然千番观不够

雪是神奇的"自然魔尘"，只需轻轻一扬，便把大地上的尘土、伤痕、裸露和沟壑都淹没了，银装素裹，万物一色，浑然天成。

半生粗俗，却经历了无数次与雪邂逅的浪漫。

在繁密的落雪中，向城郊野外走去。大雪无痕，石路、枯柳和堤岸白玉栏上，或堆积，或垂挂着晶莹的雪花，"咯吱咯吱"踩过去，留下两排歪歪扭扭、凹进去的深坑。一个人，在雪野里孑然闲步，虽然不知前方是否有梅花傲然绽放，却怀揣"踏血寻梅"的美好臆想和心境。

曾经多次在雪后登上高巅。阳光耀眼，苍宇湛蓝，白云悬浮飘移，疾风挥舞着敖包上的彩色经幡。放眼望去，起起伏伏的山岭都被白雪覆盖，远村屋瓦更是一座座静穆的雪模，飘出的炊烟袅袅显出几分生动。一个人，站在高巅之上，成为苍茫雪境里的一个"微点"。此刻，繁杂的心绪突然安静下来，与自己的内心对话，与山石、飞鹰和风对话，豁然懂得自然的神奇和美妙，也豁然滋生出被自然折服的震撼。

旧时，有多次与雪"遇见"的记忆。车过大兴安岭的雪路，就像在一条洁白的玉带上穿行，弯曲、逶迤和颠簸相向，苍劲、古老的雪松在车窗上稍纵即逝；冬日来到锡林郭勒草原，看到夜里下的大雪，便兴致盎然地走出户外赏雪。走到远处，没有路痕，一脚下去就半米深，有的洼地甚至把整个人都跌进去了，只好爬起来赶紧寻原路返回，那是我遇到的最厚的雪；深秋，看到大雪覆盖了长白山，天池源头的不冻水依然潺潺，一块块小雪堆，被水冲起，像一艘艘雪舟，曼妙摇曳着流向远处……

大雪无垠，人生短暂。与每一场雪"相遇"，都是自然对人间过客的馈赠。观尽千番雪，人生犹丰盈。雪，不正是人生中最好的风景。

玉洁孤芳：文墨谁不为伊醉

每个人心里都有一掬素净、轻盈的白雪。千百年来，多少文人墨客，或看雪、吟雪、画雪、听雪，或踏雪、澡雪、啮雪、卧雪，都在体验、抒写和描摹自己内心深处的雪。

柳宗元的《江雪》把客观世界写得非常幽静，意境更显寂寥。整首诗读过使人很难忘，仿佛置身于白雪世界："千山鸟飞绝，万径人踪灭。孤舟蓑笠翁，独钓寒江雪。"唐代刘长卿仅以寥寥20个字，便勾勒出一个严冬寒夜的山村景象和一个逢雪借宿者的形象："日暮苍山远，天寒白屋贫。柴门闻犬吠，风雪夜归人。"李白总会卓尔不群，他在《清平乐·画堂晨起》中写道："盛气光引炉烟，素草寒生玉佩。应是天仙狂醉，乱把白云揉碎。"郑板桥不仅画竹也写雪。他在大雪之后感受刺骨的寒冷，感到内心的凄凉，便写道："晨起开门雪满山，雪晴云淡日光寒。檐流未滴梅花冻，一种清孤不等闲。"袁枚描写月亮与白雪交映照在窗户上，比没掌灯之前还要亮，写道："沉沉更鼓急，渐渐人声绝。吹灯窗更明，月照一天雪。"……

南宋夏圭的传世之作《雪堂客话图》，至今藏在北京故宫博物院，虽未有幸目睹，但在美术杂志上也看到过影印图，画作描绘了雪后欲融未化的景色，山石、老树、水榭、老屋和对弈的家人，画面左上角留白天空，让观者顿觉深远渺茫、意蕴悠长。还在美术杂志上看到北京故宫博物院的另一幅藏宝——明代周臣的《雪村访友图》，画面中山石耸立，雄壮嶙峋，古松虬曲，访客临近山舍柴扉，整个画作用笔遒劲，气势非凡，久久观之，仿佛时空颠倒，身临其境。元代大画家黄公望的《九峰雪霁图》，演绎大雪初霁，九峰静穆，沐浴在皑皑白雪的围拥之中……

一场场雪，沿着时光而来，好似上天赐予人间的清欢。

人生如戏

Rensheng ruxi

自画像

我坦白，写这篇文章是有诱因的。

记得多年以前，在中国美术馆看到过馆藏经典之作——潘玉良自画像。站在这幅画作对面，看着画上的人，缄默无语，栩栩如生，又仿佛在告诉你许多人生哲理。看着这幅画，享受着艺术的震撼力，也知道了一种有趣的自我描述方式。

也记得海子在《自画像》的经典诗句：镜子是摆在桌上的 /一只碗 /我的脸 /是碗中的土豆 /嘿，从地里长出了 /这些温暖的骨头……

无论用什么方式表现和刻画自我，或自爱，或自嘲，或现实，或荒诞，这些都不重要，关键是要对自己的内心做一次审视和叩问。

个 性

我最尊崇一句话：性格即命运。

在世上转了几遭，倏然发现一切好像都是命中注定，而命运的走势又少不了性格成分的使然。

别人给我贴的标签里有"很有个性"这一条。有时我也茫然，说我有个性，我不否认。但是，我的"很有个性"到底体现在哪些地方？

我的脑袋长有后把子，有人说是长着反骨，干啥事都较劲，都会拧巴着来。

细想，说的也有几分道理。我从小离开老家，想有出息，待人接物，难免做个小动作，说句好听的话。但是，在事关我"臭小子"的尊严和是非面前，我的顽劣个性——"死也不服""死也不从"就暴露出来了，而且绝不退让。为此，我也得罪过人，耽误过前程，绝交过兄弟。

但是，有个性也有好的一面。自己心里打好的谱，不会轻易改变。比如，不爱贪便宜，不会高看自己，不与人为恶等，坚持了几十年，受益良多，结交了许多肝胆相照的好友。

如今，到了两鬓斑白的年龄，性格依然。

热　闹

我绝对是个耐得住寂寞的人。

以前，写文章十天半月不出家门。有时长跑，一跑就是三四个小时。也有时自己孑然一身在公园里拍摄花草鸟虫，在园林里一待就是半天。这些不都是耐得住寂寞的特征吗？

但是，我也知道，我的另一面是爱热闹的。

这么多年对酒场的生猛喧闹，我一直乐此不疲。酒也没少喝，朋友也没少交。其实，喝了大半辈子酒，到如今倒也不馋酒。一个人时很少动酒，想来就是喜欢酒场的那份喧闹，喜欢喝酒时的豪爽氛围。

年轻时，我也喜欢凑热闹，在北京的三里屯酒吧，醉影迷离地握着支架上的话筒沙哑地唱摇滚。那一声声呐喊，冲破我的身体，让青春发出淋漓尽致的声响。

我也曾经对游泳着迷。每到夏天，就到一个露天泳池游泳。倒不是我的游泳技术多好，我充其量也就会狗刨，就是蛙泳。那个游泳池每天游泳者如鲫，我也不嫌弃拥挤，躲闪腾挪，会游上一阵子。游泳池里那么多扑腾扑腾的水花，和相互不服劲的较量，竟成了我的动力。

很多时候，我在机场车站候车时，会观察川流不息的人影。他们的脸上有分析，有疑惑，有好奇，有惊叹。我就想，每个人的相貌和性格都不同，有高低矮胖，也有美丑喜悲；每个人都有自己的好恶和秉性，都有自己的目标和归宿，都在奔忙和无奈。在很多熙熙攘攘的机场码头，在拥挤不堪的待机队形里，享受着那份无奈的热闹。

我知道，跻身闹市，不是我的本意，或许只是我人生的一味调味剂。

仗　义

小时候看过一些武侠小说，所以内心充满了行侠仗义的臆想。

我自己常常想，若有流氓阿飞欺负老百姓，我就是那不动声色的武林高手，上去三拳两脚就把流氓阿飞打得满地找牙。每每产生这样的假设，我就异常兴奋，能有什么比行侠仗义更爽快，更能体现做人的价值的呢。这可能也是一种从小形成的价值观吧。所以，我在做人做事上屡屡有仗义的痕迹。

比如吃饭抢着买单，这是我经常做的事。我想既然是朋友聚会，谁买单都一样，索性自己买吧。

在机会面前，哪怕是人生的重要机会，我也是平静以待，甚至为竞争对手做工作，自己舍去机会。我想，做人很重要，名声很重要，但我这辈子绝对不能因为名利，给别人耍心眼，给别人使绊子。这样心底坦然，不会受到良心的谴责。

遇到一些人，人生暗淡，狭隘绝望。我心里清楚，无论他做得如何，为人如何，我都不管那些。我只是给他温暖，给他友善，给他应有的体谅。人与人之间多一些暖意，这世界不就多一份美好和感动吗？

才　华

我是不相信自己有才华的。

我虽然属猴，但是由于没上过多少学、没见过大世面，干啥事都"吭哧瘪肚"，用东北话就是"干啥且得琢磨"，没有一点猴子的敏捷和聪颖。

在部队当新兵时，指导员觉得我写字有点基础，就让我出黑板报。我拿着黑板报板式书，愁得要命。咱对美术字一窍不通，就琢磨着找来字典和报纸，依葫芦画瓢写美术字。出了几期，我竟然找到了感觉，还在全团评比时获得头等奖。

开始学写文章时，一个北大中文系的老兄告诉我，一页稿纸不能错好几个字，尤其要把"的、地、得"用对，我顿时羞得满脸通红。许多夜晚睡不着觉，想着打退堂鼓，写文章可不是闹着玩的。

后来，坚持下来了。一点一点抠持，一点一点见效，十年磨一剑。没承想我竟成了一个出过专著、获奖不少的写文章的人。

这几年，学写格律诗也是如此。开始不懂规则，写的就是顺口溜，在自媒体上发出后遭到许多"太师爷"嘲笑。我就从头学，从头悟，最起码格律押韵能过得去。如今，我也能写一些不算工整的格律诗了，时不时可以来个抒怀、来个小记，纯属自娱自乐。

有些不了解我的人说我有才，我内心抗拒这样的说法。我知道自己的能力，有一句西方的著名谚语用到我身上挺合适："上帝给每只笨鸟都准备了一根矮树枝。"

我是个"笨鸟"，遇到事总爱琢磨，只是琢磨得多一些罢了，有啥才不才的。

杯里性情

酒，粮食之精华。似水，无形，内烈。饮之，益身聚友，多饮则无尊也。

——题记

我知道，酒已经占据了我的生活。喝了多年的酒，很多场合都忘了，就像一场醉酒后失忆一样。但是，自从我沾酒以来经历的与酒的生分也好、喜爱也好、厌倦也好，这些不同的感受掺杂在一起，却无时无刻地缠磨着我。

那是在20世纪80年代初，我们村筹建起自己的集会，十里八乡的亲戚都来凑热闹。自然，家里也会买菜割肉招待亲戚。集会那天，我爹从外边买物品回来了，手里提着一串用绳子捆绑在一起的绿瓶子。我赶紧过去接过放在天爷台子（年节时祭奠玉皇大帝的祭台）上。抽出一瓶子后，用牙一嗑，白色的泡沫便喷涌而出。我用手捂也无济于事，拿来碗倒进去，只见橙黄色的液体里不停地冒出小泡泡。我没有喝过这么好看的饮料，端起碗就喝。那种古怪、苦涩的液体蜂拥进我的胃里，旋即又吐喷而出，不仅是从嘴里，连鼻孔都有啤酒流出。我娘见了说，这啤酒就跟洗菜叶子水一样，你喝它做啥？我的馋劲，让我吃到了"苦头"。之后，看到坐在席上的亲戚们划拳、猜启灯棒，输了的得把一大玻璃杯啤酒喝进去。看他们一杯一杯地喝着，表现出的兴奋和享受状，我很不理解个中缘由。我想，我是不喜欢酒的。

年少时，最想念的事儿莫过于串亲戚了。那时候的物质条件匮乏，能吃上诸如醋熘白菜、绿豆芽拌粉条、凉拌猪小肠、小酥肉、红烧肉、熘菜丸子这些摆在席上的菜，那就是解大馋了，是做梦都想的事儿。过年夜后，我娘带我去舅舅家磕头（拜年），我被安排到男人们的一桌坐席。我也跟大人们一样，面前摆着酒盅。亲戚们举杯喝酒，"嗞"的一下喝进去了，那声音短、脆且有妙不可言的韵味。一般情况下，坐在席上的人，都要闯关，就是当酒官行一圈酒。酒官根据每个人擅长的领域，或划拳，或猜启灯棒，都亮出自己的看家本领，进行一番难解难分的拼争，喊拳的、喝彩的、起哄的，顿时便热闹得引来从其他席过来围观的女客和孩子们。赢得多的酒官，还要进行贺官仪式，会拿起筷子夹菜。每每这时，我是最喜欢的，大口吃着菜，甚至要站起来夹够不着的菜。待大人都放筷子了，我还拿着筷子挥舞。轮到我闯关，因为没成年，就让我喝上两盅酒顶关。我端起酒杯，一饮而尽，再照样喝上一杯，嘴里便被辣气充填，肚里感到一条火龙在穿行。亲戚说，这孩子不瓢，赶紧夹菜压压酒。为了吃压酒的菜，我那天喝了十几杯酒，直喝得晕晕沉沉，爬到舅舅的炕上倒头便睡着了。起初，对于酒这种辣嗓子的液体，只是知道它的莽撞和恣意，想起课本里文人墨客们对酒的华丽描述，竟有些困惑得不知所以然。然而，酒已经不可抗拒地走进了我的生活。

我对酒的深度感知，应该是在部队那些时光里。在寂寞、枯燥的练兵之余，酒成了我们这些兵的伴侣。我们趁着夜色而动，来到远离营房的搞养殖的老乡的营舍。几张凳子拼凑成的酒台，上面总有几道让人心动的小菜，也许是一盆猪骨头，也许是一只从附近村里买来的老母鸡，也许是几盘不起眼的小咸菜……我们拿起缸子、拿起杯子、拿起碗，里面乘着酒。我们喝一口、碰一杯、再干一杯，在杯杯盏盏的碰撞中，在一些家长里短的话语伴奏下，10斤装的一塑料卡子散装酒，不知不觉中都喝完了。人均一斤多酒，喝得干净无滴。然而，我们竟然都没醉，都清醒着，显然我们的酒量都行。随着兵龄的增长，我们在酒场上的谈资不那么简单了，有工作上的逆顺，有婚姻情感的不遂，有性格特点的融悖，再喝酒，就有唱的、有哭的、有醉的、有闹的……我们在酒场里，学会了倾诉，学会了发泄，学会了无名状的激动。在那些军号嘹亮的日子里，酒给我们的部队时光增添一抹飞扬不羁的醉意。

我不善抽烟，在喝酒上却表现不俗。我一度认为，男人的高度在某种程度上是他的酒量。在这样的理解下，一次又一次，我在酒桌上与新友旧交推杯换盏，称兄道弟，你来我往。那形形色色的酒的品种，那一杯杯清澈的液体，挥杯畅饮。我无数次陶醉其间，微醉、陶醉、酩酊大醉，也为自己的实诚举动感到欣慰。我深深地感到，酒场对于我来说就是展露真性情的地方。在酒桌上，我结交了那么多知己，相识了那么多性情相投的朋友。酒场成了我生活的重要调剂，成了我交往好友的至境。我在戈壁沙漠、高山峻岭、极地森林和莽莽草原采访的时候，面对那些在特定环境里无私奉献的部队兄弟的时候，我与他们喝酒。

我们或许是狂饮，或许是慢饮，或许是小酌。往往，我在酒杯的碰撞中，探寻到他们的内心世界，感知他们心中的苦与痛，了解他们鲜为人知的故事。著名生态文学作家李青松先生，前些年在给我的书写的序里，说我不嗜酒，但酒量却很大，在大兴安岭林区，皮货商、伐木人、淘金者、鄂伦春猎手以及各种不明身份的酒友都跟我喝过酒，最后都喝得一塌糊涂，谁也不知道自己是谁了；说我到林区采访，从不一本正经地拿着个小本本跟人家问这问那，而是脱鞋上炕，然后从包里拿出一瓶酒，先与要采访的人喝个透，脸上放出兴奋的光，想问的不想问的事情就在一仰脖一仰脖的感觉中都说给我听了。李先生是了解我的，那些年我在酒里找到了自己的真情、感动、豪爽、仗义和心灵之桥。这是一种美好的、畅快的感觉，我常常沉浸其中不能自拔。

其实，凡事都有一个度。我在觥筹交错中迷失了自己，酒精带给我的不仅仅是翻江倒海、天旋地转和喷泻而出的醉感，还有酒后失态和失意的不雅。我偏偏又是个极度自尊的人，常常是，为又一次醉酒而陷入深深的自责之中。在我恣意行酒时，似乎淡忘了江湖险恶，淡忘了言多必失，淡忘了谨小慎微。我的那些性情，那些轻狂，那些反常的意识，那些不被人理解的语境，都已经深深地镶嵌在我生命的过往里。也许，那些情绪都是年轻不羁的符号，都是酒精的演绎和释放。回望那些林林总总的酒场，我感到经历的丰富和纷杂。我终于明白了自己，喝了这么多年酒，我没有品到酒香，没有沉迷酒精。行走在酒场，只是沿袭了一种生活惯性，只是在享受一种传统文化的余韵。终于，懂了自己。我喜欢的并不是酒本身，而是在经历和享受一种礼仪、一种场合、一种释放、一种性情。

如今，在经历过后，我对酒场产生了些许恐惧。我想逃避，想避开这热闹非凡的场景，想享受安静、真实、简单和孤独。现在，我在内心学会抗拒了，不愿意流走于星级酒店，不愿意面对海味山珍，不愿意听到热情的邀请……

我想挣脱那些虚假的幻影，挣脱杯里的江湖。但是，我的性情逃出杯子，又该寄存到哪里？

萱　萱

辛丑年五月初七，黎明时分，青城。

我慵懒地躺在床上，听着窗外淅淅沥沥的雨声。因为牵挂儿媳妇要临产的事情，一晚上或梦或醒，睡眠质量并不好。正寻思着，儿子打来电话了，说儿媳妇要生了，正在去医院的路上。

我一听，立马起床，与妻子开车往医院赶。此时，天已蒙蒙亮，雨也没有停的迹象，反而越下越大，被雨冲刷过的花草和树都呈现出盎然生机。我因为要当爷爷的激动，路都走岔了，还被妻子嗤笑了一番。

到了医院，因疫情防控，许多地方都禁止通行。我和妻子着急心切，费了些周折，才到产房外。此刻，心跳也不平静了，老两口坐不住了，在焦躁不安中期待着、祈祷着儿媳妇和孙儿安好。

大约半个小时过后，护士从产房出来了。她告诉我们，母女平安，是个女孩，很顺利。我、妻子、儿子以及亲家母顿时松了一口气。

孙女出生了，我如愿当爷爷了。我的内心不禁产生了一种前所未有的自豪感。

我客居塞外几十年，从一个人、两个人，到三个人。如今儿子娶了媳妇，又给我生了孙女，家里一下子变成五个人。我不仅仅有成就感，更有家庭壮大的幸福感。

临近中午，儿媳妇和孙女被护士从产房推了出来。我们迫不及待地打开孙女的襁褓，看到孙女紧闭着眼睛，正安详地睡着。她也许不知道，她已经来到人世间——这个她未知的、美好的、喧闹的世界。

是夜，我睡意全无。辛丑年，我的宝贝孙女出生了。孙女属牛，任劳任怨，朴实无华，也不错。想着这些，我望着窗外遥远、深邃的夜空，释然了。

起名字，我也琢磨了许久，起个什么名字呢？

我想，属牛人的名字有草便有了福禄吉祥，遂上网查、看词典、翻《诗经》，找美好的字词。费尽周折，权衡再三，最后确定就叫若萱，昵称萱萱。因为萱者，葳蕤草木也，也是山丹花的别称。有草有花，岂不美哉。加上姓氏，也是金木搭配。

彻夜难眠。名字有了，再为孙女做一首诗吧，这也是爷爷送给孙女的第一份礼物，岂不是两全其美。《小孙女若萱降生喜记》便诞生了——

仲夏甘霖街市润，卯时啼嗓稚声新。

丑牛来到正佳季，小爱降临好绿茵。

陋室添丁欢喜至，凡家生女雅香氲。

日渐成长修聪慧，总有葳萱在近身。

几天后，萱萱出院了。妈妈喂护，月嫂悉心照料，全家人围绕左右，生怕孙女这个宝贝疙瘩受委屈。萱萱眼睛大大的，有时睡醒还会有双眼皮。她的腿长长的，人家说长大一定是个大个头。萱萱出生时6.8斤，不算胖小孩。

坐月子期间，萱萱的日常就是吃奶、睡觉，啼哭更是少不了的项目。每当萱萱一哭，整个房间都被她嘹亮的声音灌满了。好在，哄一哄、喂一喂，她就安静了。

有了萱萱，我的内心就有了一份牵挂。我才懂得隔辈亲不可阻挡的亲情力量。与孩子不在一块住，老两口经常去看看，帮助料理孩子的事务，如果哪天没去看，心里可真是有点放不下。

每次去看孙女，我照例是"孩霸"。抱着喂瓶奶，抱着逗乐呵，抱着哄睡熟。最难忘的是初次抱起萱萱后，她紧皱眉头看着我，对我这个白发老头审视着，把大家都逗笑了。妻子拍下了那个可贵的瞬间，我觉得萱萱也许是个严肃的小孩呢。

俗话说：三翻、六坐、八爬。萱萱已经5个多月了，学会了翻身，虽然每次吭哧瘪肚，异常费劲，但总算学会了。自己翻过身，两只藕一样的小胳膊支起脑袋呜呜哇哇说一阵子，虽然哈喇子不停地流出，但也是开心的样子。家人总是被萱萱萌萌的样子所逗笑。

现在萱萱的本领又长了不少。吐吐沫，嘬小嘴，脆声大笑……给家里增添了数不尽的欢快。

萱萱出生不到半年，我们爷俩也成了最亲的人。我或哄，或逗，或唱，或跳，都能逗得萱萱咧着没牙的小嘴笑。

很多时候，我抱着萱萱睡觉，她纤弱的小身体贴着我，我们的体温彼此传递着。她安静地睡着，小鼻子翕动着，伴着轻微的呼吸。我感到了亲情如山，能为萱萱伸出温暖的怀抱，能为萱萱遮风挡雨，能和萱萱牵手游玩，想想都觉得满满的幸福。萱萱的开心、快乐，每每让我感到这个小生命的亲近和内心的无限柔弱。

我知道，萱萱的人生才刚开始。等待萱萱的是一场漫长的人生旅途。在这个道路上，家人会一直陪伴萱萱快乐成长。希望萱萱正如爷爷的《水龙吟·辛丑年五月初七孙女出生小记》所写——

青城仲夏甘霖密。小户添丁降喜。

啼声破晓，身形灵巧，黄毛写意。

羸弱孩婴，初临人间，懵萌乍起。

亮嗓始音娇，足蹬手舞，皆憨态、谁能比。

塞外花开十里。不争妍、独占清丽。

光阴可塑，诗心碧玉，慧聪表里。

从善如流，胸怀悲悯，待他如己。

历风霜雪雨，悲欢磨砺，凤翔天地。

萱萱，快乐成长吧!

漏　手

　　我10岁那年，我们村那个会看手相的老太太，捏着我又宽又短又肥的巴掌说："孩子，你的钱财线通到虎口这里全流走了，这就是说你不是个存钱的主。"听完，我不禁想，钱不就是花的吗？存它干啥？一旁待着的我娘面露失意地说："儿啊，那你就是个漏手，到我和你爹这个年纪看你咋养活俺们？"

　　不长时间，我便无意中做了一件存不住钱的事儿，致使我这"漏手"的名字不胫而走。

　　一次，娘让我拿了张大票钱（那时的10元算大面额）到学校交三年级的学费，交完学费兜里还剩下3元6角钱。回家时，我看到村里的小卖店里摆着一摞白色护膝。我想，我爹那患有严重关节炎的腿见凉就疼，那疼状我看了直想替他受罪，倘若给他买副护膝戴上，兴许能管不少事儿。我想完就把手伸进兜里拿出1元8角钱买了护膝。买完，我又看到几角钱一斤的红糖，心想，娘贫血在身，吃点红糖可能管点事儿。

回到家，娘看到我手里的物件，很快弄清了原委。啪，我的脑袋重重地挨了一下。娘伤心地说："你爹做一个工（那时生产队记工分）才9分钱，攒几个钱容易哩？你一下子就给鼓捣完了，你真是个漏手啊！"气完，娘搂住我哭了一阵子。

后来，爹娘姐妹便死心塌地叫我"漏手"这名儿了。

1984年底，我穿上绿衣裳，要去当兵了。娘拿了7张崭新的票子递到我手里说："孩子，娘知道你的毛病，花钱没个节制，到部队后不缺吃不缺穿，这钱省着点，甭到用时再向别人借着花。"我看娘郑重其事的样子，也不忍伤她的心，便把脑袋点得像捣蒜锤子一样。

到了部队，我从那几张票子里拿出两张买了生活用品，剩下的叠好放在行李包最底层。一天，连队突然召开大会，连长和指导员像做作战前动员一样，动员全连人为那个家遭火劫整天闷闷不乐的新战友捐款。我从仓库取出包时，心里斗争之激烈比炮火轰鸣的战场差不了多少。新战友都使劲往多交，都想显示自己的思想觉悟。我思考再三，终于把剩下的钱全部取出，交到指导员手里。交钱时，我心甘情愿，心想，这漏漏得值。

后来，我在部队有了工资，更是"漏心"依然。穿军装穿久了，便会买便装。老乡聚会，人家请咱吃饭，咱也不能欠人家的情，咱也请。工资常常就这样一出溜就花光了。你这个败家子，你这个漏子精。我想花钱没钱又借不到钱的时候，常常恶骂自己一顿。

日子一天一天过去了，我就找到了我的爱人。其实她不知道，结婚前，我越对她慷慨大方，结了婚她越受穷。结完婚后，她知道我的经济赤字后，几次哭鼻子抹眼泪表示强烈后悔。每每这会儿，我便温顺地向她保证："老婆，我这漏手一定少漏、尽量不漏，我们的日子会慢慢好起来的。面包会有的，牛奶会有的。"她看着我的可怜相，上牙咬着下嘴唇，眼睛似乎是信了我的话而盯了我一下，算是接受我这番"表演"，我们便继续过起既节俭又充满钱荒的自以为还不赖的日子。

现在我也算是挣年薪的白领了，每年的工资都比以前翻了很多倍。每每想起年轻时穷大方的日子倒是有了深深的留恋。

面 嗜

我经常行走在城里店铺林立的街道上，为寻找一家小面馆而奔波。

如果我连续3天没有吃上我喜欢吃的面条，我健壮的胃一定会发生痛苦不已的痉挛，我会深深地感到生活的苍白。

我吃面条的历史，掐指一算也有二三十年了。在这几十个年轮里，除了当学生时唱歌式的念书声还萦绕在我耳边外，就只剩下吸溜面条的沁人心脾的声音了。

按说在我们饮食文化的深厚背景下，面条只是个不起眼的角色，之所以让我对它不懈地追逐，是因为我从小受了它太多的熏陶和感染，以致让我常常面对着川菜、粤菜、鲁菜、东北菜提不起食欲。

面条留在我记忆中最深刻的一次，是我7岁那年。我记得清清楚楚，我二姑在我家住满月（河北农村的一种民间习惯，女子生完孩子12天后要回到娘家住到满月，叫"住满月"），我奶奶顿顿让二姑吃荷包鸡蛋煮挂面。那时候能吃上挂面挺不容易，因此，我常嘴里噙着口水，站在一旁，听二姑吸溜面条的美妙声音。

一次，二姑说："我吃不了这么多，剩下的面条给侄子吃吧！"我知道二姑是想让我也解解馋。

我终于端上了这碗面条，碗里有几筷子挂面，面汤里漂着油花、菜花、鸡蛋花。我贪婪地闻了闻后，三下五除二就把面碗腾空了，自己甚至没有听到一下吸溜声。从此，面香就在我的胃里弥漫着……

麦收季节吃上一个月白面，是我们那里约定俗成的规矩。虽然，5月令人们淌汗如雨、闷热难耐，但我们还是盼5月。因为5月人们就能盛上一大盆白面去轧面条，可以吃上两三顿。现在想起村里那吃面条的场面，说成是一种面条景观也不为过。

炎热的中午，村里土路两旁的树荫下，坐着一圈又一圈端着大碗吸溜面条的邻居。那声响像一场民乐合奏，时而缓慢，时而明快……

16岁那年，我离家当兵。身在部队，我强烈的面嗜被扼杀了很多。因为我们这些新兵蛋子训练强度大，吃面条顶不了饥，就米饭、馒头、馒头、米饭不停地变换，我常常在胃向我进行强烈抗议时，才跑到食堂看贴在墙上的周食谱上有没有面条。如有，我便像小时候盼过年一样盼着那顿面条的来临。

两名炊事员刚把盛着面条的大号行军锅放在连队食堂的地中间，战友们便轰地围了上来，挤着往自己碗里捞面条。虽然，背手站在后边的连长厉声高喊："抢什么？是不是没有吃过面条？"但连长的声音早被事先抢到面条的战友们吃面条的吸溜声给淹没了。我也旁若无人地狼吞着炸酱面，常常撑得抱着肚子回到班里。

如今，名目繁多的面条品种，让我常常陷在新的尝试里。有时候为尝一种未吃过的面条，我骑着自行车满城乱窜，也不觉得辛苦。出差在外，我也对面条情有独钟。那年盛夏，当我爬上五岳之尊的泰山后，已是筋疲力尽了。这时，没料到玉皇顶一侧有一家小面馆，我立刻来了兴致。虽然这碗面纯属咸水煮成，我却端坐在云雾之间把它津津有味地吸溜进肚里。

现在，我吃面条吃出了不少面友，我们快乐地钻进一家又一家面馆。我们吸溜着面条，谈论着面条以外杂七乱八的话题……

跑步的理由

如今，跑步成为一种时尚。

在公园曲径、在连绵山地都有跑者的身影。

国内金牌马拉松赛事、银牌马拉松赛事和铜牌马拉松赛事，红色赛事、民族赛事和自然生态赛事，如雨后春笋般兴起，每年都有。

参赛者更是跃跃欲试。据资料显示，每年有千万国人参加马拉松比赛。许多金牌马拉松赛事一签难中，参赛选手可谓百里挑一。能中好的赛事签，都是一种小概率，似幸运之神的眷顾。

如今，中国的跑者呈千军万马之势，我们的马拉松时代来临了。

为什么奔跑？

莎士比亚说："每个人心中都有一个哈姆雷特。"

这句话放在当下，形容人们对马拉松的热衷，也未尝不可。国人见面的"国礼"就是："吃了吗？"然而，当今见面问候也发生改变："你跑了吗？"大家围坐在一起，无论是喝茶还是饭局，大都热衷谈马拉松赛事。一些从不跑步的"小众"也加入跑步的"大众"之中，跑马拉松的队伍越来越庞大，形成让人不能忽视的"马拉松现象"。

为什么喜欢跑步？

似乎也没有标准答案。每个人的跑步理由各不不同，作为一个有几年"跑龄"的人，凭观察、思忖不外乎以下的因由。

跑步是一种时尚。当今跑步是一种时髦的运动，小布什跑，村上春树跑，王晨、王石、张朝阳和白岩松跑，谭维维和周笔畅也跑，当然还有许多人都在跑。名人的影响力和风向标意义不言而喻。他们的文章及语录让大众耳熟能详。他们仿佛是一面旌旗，迎风而动，铁杆粉丝蜂拥而来。"名人效应"催生"大众效仿"，"名人金句"更激发大众的追随。跑步成了一种时尚标签，队伍越来越庞大，一个跑步的"最好时期"到来了。

跑步是律动的毅力。跑者们为了跑步，披星戴月，栉风沐雨，踏雪跨冰，从不言退。每个跑步的人都有惊人的自律和毅力。如果三天打鱼两天晒网，不仅不会有好的跑量，还会被跑友超越。因此，跑者们都有自己的跑步安排、跑步规划和跑步目标。在时间上雷打不动地践诺，在跑量上循序渐进地增长，在目标上不断超越自我。可以说，每一个跑者都是一个自律的人，都是一个毅力非凡的人。

奔跑是健康的本源。跑步大军中中老年人数量众多。一些年轻人"宅"在家里，长期熬夜，健康状况不容乐观，过早地患上一些疾病。无奈也好，没有退路也好，许多年轻人有意识地开始跑步，为了健康而跑。当然，更看重健康的跑者们，是很多"大叔""大婶"，也不乏"爷爷"和"奶奶"。

他们的跑龄不尽相同，有的跑了几十年，有的跑了几年。与这些"大龄"跑者们交流，听到感叹最多的是："跑掉了赘肉，身材变得苗条多了"；"消灭了'三高'，多年的心脑血管病有所好转"；"睡眠质量明显提高，更年期症状明显减弱了"……跑步就为健康，已经成为众多跑步爱好者们的共识。

我跑故我在

跑步也是一个江湖。

跑团在城市星罗棋布，一个跑步爱好者是加入劲旅团还是加入青春团，是加入老牌团还是加入新建团，这些都需要根据自己的特点，好好琢磨琢磨。当然，也要看天时、地利、人和。

跑者圈里更是先后有序，能者为王，讲究尊老带新。虽然不及旧时帮会，山头规矩森严，也是有些讲究的。如果是新手需要一定时间的"踅摸"，才能融入其中。

一个跑者，不仅仅是在跑道上跑步，更像是一个"大雪满弓刀"的侠客。

做个追风者。配速是每个跑步爱好者心中的朝圣。虽然作为普通的跑步爱好者，没有基普乔格的天赋和实力，但是都在一次次以"PB"（指个人最好成绩）鼓励自己，做一个精英跑者。"一骑绝尘"不仅是古人对速度的赞叹，更是众多跑者的梦想。初跑者全马参赛成绩循序渐进，由5时30分到5时就是进步，达到4时30分进步就很大。要想破4时，那得下一番功夫；一旦破4时，就进入跑步新境界。如果继续努力取得赛事3时30分的成绩，就进入马拉松精英行列，这是一个跑步爱好者的至高荣誉。当然，这需要努力达到月300公里的跑量，需要进行核心、间歇等艰苦训练。我没有做精英跑者的天赋，但是看到许多跑友或正在努力，或早已实现，暗暗为他们鼓劲和喝彩。

做个参与者。哪个行当都有高手，但更多的是大众参与，跑步亦然，重在参与。在跑步大军里，更多的像我这样的偶尔也参加马拉松比赛。实力强的参加全程马拉松，状态发挥好，训练准备充足，有可能取得精英成绩；实力一般的能破5时、4时30分就很开心了，如果破4时那就是"芝麻开花"——节节高，是值得庆贺的。有的大众跑者就连全程马拉松也跑不下来，成了走走跑跑的"走马"观花；有的参加半程马拉松和迷你马拉松比赛。他们的参与度也很高，无关成绩，只为一份酷爱。

做个开心果。每次参加马拉松比赛，有不少跑者，不为长跑成绩，只想突显马拉松艺术——有光脚马拉松美女，有拖鞋"大侠"，有汉服仕女，有奔跑的"悟空"，有腾空的蜘蛛侠……有的边跑边唱，有的边跑边摆拍，博得摄影师按快门不断……他们的表现呈现出精彩马拉松行为艺术，为气氛激烈紧张的马拉松赛事带来轻松、愉悦和享受。

享受跑步

在常人眼里，跑步是个苦差事，并且跑多了还伤膝盖，得不偿失。其实不然，跑步的意义，除彰显一个人的自信、自律、毅力和获得健康外，最重要的是在跑步中学会动态思考，学会心无旁骛，学会品味律动，学会无畏向远。跑步，何尝不是一种享受。

悠闲的佛系跑者。佛系，顾名思义就是一种追求自己内心平和、淡然的生活方式。佛系跑者亦然，跑步不讲究配速，不讲究技巧，不讲究训练，不讲究成绩。想跑时就跑上一程，想何时跑就何时跑，想参赛就参赛，也不刻意追逐。跑步是佛系跑者生活里的点缀，是可有可无的运动。不为跑步心动，不为跑步陶醉和伤感。

感受美妙的音乐。遇见跑步爱好者，大多戴着运动耳机，伴随着节奏强烈的音乐跑步。音乐是跑步的最好伴侣，你可以听节奏强劲的摇滚，也可以听柔情似水的抒情歌曲；可以听悠扬的民族唱法，也可以听高亢的美声唱法；可以听嘹亮的"山曲儿"，也可以听获格莱美奖的天籁之音……在跑步的路上，音乐和跑步不可或缺，那份律动和美妙是岁月里最好的时光。

遇见最好的风景。作为一个跑者，我有深切感受，在奔跑的路上，所有美好的遇见，都是跑者的一次"偏得"。无论是晨曦还是暝色，无论是花海还是垂柳，都让人眼花缭乱；无论是惠风还是寒流，无论是细雨还是雪霁，都让人感受自然的魅力；无论是籁音还是脆鸣，无论是滴声还是溪响，都让人陶醉其间……

用脚步"见证"异地文化。这些年，我每到一个新鲜的地方，都要在这座城市的道路、公园和山野跑步。我跑过拉萨的布达拉宫，跑过乌鲁木齐的街巷，跑过西宁的高原山地，跑过北京的故宫红墙，跑过千年古城的遗迹，跑过南国的椰林，跑过草原弯曲的远方……一地、一程、一尘。在其他城市跑步，品味异地文化，见证异地自然风情，留下美好、难忘的记忆。

演　唱

　　演唱是歌手辛苦地表演给观众的。如果歌手表现不好或敷衍了事就不是一个称职的歌手。

　　非歌手唱歌一般是哼唱给自己的，是在自己心情愉悦时所表达出来的一种心境。

　　当初的我，并未想到这些。我只是一味地让梦想怂恿着我，找到一切可表演的机会而吼唱。我固执地认为这是走向专业演员不可缺少的锻炼。

　　我的家乡在河北南部，与河南接壤。家乡人对河北梆子这种戏剧不感兴趣，而偏向豫剧。那份执着不亚于北京人爱好京腔，山东人爱好鲁剧。十几年前，三里五乡谁如果把豫剧团请来唱几天大戏，那在全村人面前可真是露脸了。至于听常香玉、牛得草等名角的戏，只能在唱片机旁、电影幕前解渴的份儿。

　　在这种氛围的长时间感染下，我产生了当个演员给别人演唱的设想。令我自豪的是，我的嗓音竟然屡屡受到别人的好评。我常常坐在我家上房梯子的中间，用鼻腔效仿牛得草唱《七品芝麻官》的戏文，唱黄梅戏《天仙配》里董永凄凉的唱腔，唱越剧《梁山伯与祝英台》中梁山伯遇到祝英台时幸福的腔调。但我觉着我最拿手的还是唱牛得草所唱的戏文："想当年我在原郡，我把书来念，凉桌子，热板凳，铁砚磨穿……"每逢此景，我的欲望仿佛长出了翅膀，有了无限的惬意。

很快，一个让我激动的机会出现了。我们县剧团在我们村成立了"幼苗豫剧团"，招收儿童豫剧苗子。我的心立即痒痒起来。

我和往常一样，扯开嗓子唱那段豫剧戏文：想当年我在原郡，我把书来念……等我唱完，剧团老师没有像我想得那样做出惊喜和表扬状，而是说我的嗓音还凑合，但吐字不清，得在舌根处动手术才可以。一想到那亮闪闪的手术刀，我满腔的希冀顿时踪影皆无。

我的"牛得草第二"的勃勃雄心，也就此画上了句号。

中学时代，我对流行歌曲又有了喜好，加上我的音质不错，在学校竟唱得挺红。神情严肃的语文和物理老师，常常在两个班合在一起上课时，会先让我站起来唱一两首歌给同学们提提神。

《童年》《游子吟》等那时十分流行的歌曲，我都能依葫芦画瓢唱得让人赞不绝口。歌占据了我那时的心胸。

然而，功课不好的失落感在很多时候侵袭着我。我对歌声的热衷，却造就了我的另一个野心在安慰着我：凭着良好的嗓音，好好混成歌唱演员，甚至有朝一日成为歌唱家。此等野心使我对唱歌有了更多的向往。

在这样的背景下，我便有了另一个人生际遇。恰逢全县举办歌咏比赛，我唱了《我的中国心》。那惟妙惟肖且浑厚的颤音，被校长准许选送到县里参加比赛。给我指导的是县剧团的一位女演员，乐队是该团的几位戏曲乐手。真是台上一分钟，台下十年功。我练了一遍又一遍，直到女主持人报完幕，我从幕后来到舞台中央，用丁字步站好时，我的心跳加剧了，我的腿因发软而颤抖。台下黑压压的人群和一双双执着的目光，使我感到眩晕。最终，我忘记了乐队的存在，演唱之速度，直让乐手们措手不及；我的嗓音也因紧张挑不上去而变得沙哑……别说争上名次，把我们乡中学师生们的脸都丢尽了。返回的路上，女指导老师未发一语，她那阴郁的脸色至今还晃动在我的眼前。

我的演员梦和唱歌梦，如飘扬的雪花飘走了、融化了。从此，我不再坐在我家上房的梯子上自以为是地吼唱了，也不愿意在学校师生面前乱唱了。我过了一段没有歌声的灰色日子。

时光飞逝，我淡忘了那些令我心灵受伤的记忆。我开始随口哼唱豫剧戏文和流行歌了。一个健康积极的人生应该有歌声相伴。否则，就像王蒙先生所说的，需要请心理医生咨询了。

如今到了胡子拉碴的年龄，我的演唱水平还是如初。如顺着念那些音符倒不难，打乱顺序就只能按阿拉伯数字来念。学些时兴的旋律，却有些鹦鹉学舌、机械效仿。可我在这方面逐渐变得挑剔和嫉妒。看到新面孔的歌手，我脑子里旋即出现一串假如：假如我从小有专业老师指教，假如我在舌根下割一刀，假如我持之以恒、不断进取，假如我有好基础又似现在的歌手被人包装一把……这样的假如产生后，我每每看到荧屏之上又蹦又跳、随音乐念歌词的歌手，我立即表现出不屑的神态。

这样的心境倒不是太多，反而我真正学会说服和安慰自己了。我不应该为没有实现当演员的梦而耿耿于怀，人生何尝不是这样。

好在，阴差阳错的结局并非全是人生的失落。

醉　戏

有一年正月初六，我喝得酩酊大醉。

我受邀来到一位老乡家做客，被邀请的还有其他几位退休的老乡，都是些七八十岁的人。他们离开家乡已四五十年了，行动越来越不便利。老家就成了这些老人嘴里、心里常念叨和思谋的事了。后来，老人们找到了在他乡陶醉的事儿——听戏。

这戏，就是河南豫剧。

一场场戏，占满了这些老人的精神空间。老人们看河南电视台的《梨园春》栏目，看光盘，品味公园票友的表演，乐此不疲。即使去菜市场买菜，嘴里也哼唱着钟爱的豫剧。可以想象，没有豫剧伴随，这些老人的晚年生活一定少了一些乐趣，所以老人们的孩子总会买一些新光盘，让老人们获得欣慰。席间，在我和其他年轻人的一再鼓励下，老人们唱起了著名的豫剧《打金枝》《花木兰》里面的唱段。老人们唱起了戏词，摇头晃脑，一会儿泪水就倏然而下。显然，他们动情了。兴许，这熟稔的戏词把老人们带回了家乡，带到了岁月的某一个场景。他们唱得入迷，我也沉醉其间，遂也站起来唱了牛得草先生在《七品芝麻官》里的唱段："想当年我在原郡，我把书来念，凉桌子，热板凳，铁砚磨穿，盼到了北京城开了科选，我辛辛苦苦前去求官，三篇文做得好，万岁称赞……"我模仿牛先生唱腔的鼻音、颤音特色，把唐成对官场的黑暗、怨恨都唱出来了，博得这几位豫剧行家的随声伴和。

一个戏种成了老人们的乡魂。虽然，我们出生在冀南的村落，但临近河南北部。中原文化以其势不可当的穿透力，影响着很多地方。听说，除毗邻的几个省外，甘肃、青海、天津、吉林、江苏、新疆、西藏都有专业团体演出，豫剧成了全国最大的地方戏种，其魅力由此可以显见。

我小时候喜欢哼唱戏曲，模仿力很强，村里的大喇叭里整天吱吱呀呀地播戏曲唱段，我就随意学几句，比如京剧啊、黄梅戏啊、越剧啊、豫剧啊、评剧啊，其中我尤其喜欢豫剧。现在想起来，小时候脸皮厚，唱得不好也敢表现。上小学的时候，我的一位女老师是从县剧团来的。她姓李，模样也好，据说是剧团的台柱子。她见我有这方面的爱好，就给我吃小灶，教我唱歌、唱戏，还请来剧团的几位伴奏，陪我到县里参加全县歌咏比赛。结果，我辜负了老师的希望，愧对老师的心血，在拙文《演唱》里做了描述。那会儿，我撵着老师零星地学了一点豫剧。由此，豫剧便在我的心里占下了地方。

后来，我查找资料对豫剧的名称和起源进行一番考究。

现在，在河南，一些人不经意间，还称豫剧为河南梆子，也有的叫河南高调。当然，经过考证发现，豫剧还有一些鲜为人知的名字。如演员在表演时用本嗓演唱，起腔与收腔时用假声翻高尾音带"讴"音，豫剧也俗称"河南讴"；在豫西山区演出时，多把依山平土当作戏台，那里的人就把豫剧俗称为"靠山吼"。中华人民共和国成立后，就整合定名为豫剧。

对于豫剧的起源，有资料记载，起源于明末清初，但文字里也没有确凿史证备考，站不住脚。有说是明末秦腔与蒲州梆子传入河南后，与当地民歌、小调糅和而成的；有说是由北曲弦索调直接发展而成的；还有说是河南民间演唱艺术，经过与明朝中后期中原地区盛行的时尚小令融合，吸收"弦索"等艺术成果发展而成的。另外，据碑文记载，"当年演剧各班祈祷宴会之所，代远年湮，亦不知创自何时。于道光年间（1821-1850）河工决口，庙宇冲塌，瓦片无存"。由此可知，在清朝，豫剧已经很盛行了。

豫剧究竟是怎样发展而成的，让人感到扑朔迷离，这也成了史学家的一个未解之谜。多年前，一位河南籍的军旅作家告诉我，河南豫剧的形成，汇集了河南当地的许多流派。豫剧最早的传授者为蒋门、徐门两家。蒋门在开封南面的朱仙镇，徐门在开封东面的清河集，两家都曾办过科班。豫剧在其发展过程中，由于受到各地语音和民间音乐等因素的影响，在音乐上形成了带有区域性的不同风格的艺术流派。包括以开封为中心的"祥符调"，以商丘为中心的"豫东调"，以洛阳为中心的"豫西调"，形成于豫南沙河一带的"沙河调"。经过演变、交融和短长相补，形成了今天豫剧中的"豫东调"与"豫西调"。

豫剧强大的生命力，得益于许许多多热衷豫剧事业的表演艺术家们。他们精湛的演技，演活了很多剧目，使得许多剧目在民间有千千万万个"粉丝"，受到大众的追捧。像《打金枝》《秦香莲告状》《穆桂英挂帅》《铡美案》《唐知县审诰命》《花木兰》《拷红》《卷席筒》《朝阳沟》等。当然，还有许许多多的优秀剧目，使得观众观之如痴如醉，百看不厌，在民间留下美谈。中华民国以来，豫剧逐渐形成了以常香玉、陈素真、马金凤、阎立品、崔兰田为代表的五大名旦表演流派。常派激昂奔放，陈派明快清新，马派刚健明亮，阎派细腻委婉，崔派深沉含蓄。如今，各流派悉心传承门派技艺，竞相在曲艺百花园里显示自己独特的魅力。

诚然，在多如繁星的地方戏种里，豫剧作为一个地方戏种能够分外耀眼，不是一朝一夕就能博取的。它经历了无数的夜幕与白昼，经历了一个又一个舞台的打磨，经历了无数人的喝彩与鞭策。在漫长的历史时光里，在风餐露宿间，在悲愤交加和悲苦血泪中，一代代艺术家们怀揣着"戏如做人"的理念，在艺术天空里摸索、探求、融合、开创、奉献，让后人钦佩不已。

现在客居都市，常常想起小时候看戏的情景。

在隆冬农闲时节，村里有集会，要请戏班子唱上几天戏。我记得，简易戏棚架起，我们就穿着厚厚的棉衣，扛着板凳去占地方了。每次看戏，台下的空地，每每被本村和三里五乡的乡亲占得满满当当，看戏成了乡村人的精神盛典。

人们与戏相伴，与戏同喜，与戏同悲。沉迷、陶醉在戏里，魂儿都入戏了。

不信？板胡开始了悠扬的弦响，二胡、琵琶、竹笛、笙等乐器也弹吹出流水慢板的音乐，一个文戏片段拉开了帷幕。只见，舞台上高挑的青衣一袭蓝黑素衣，舞动着水袖，或念白，或倾诉，或悲鸣，或愤怒，或怀想，或渴求，台下的观众随着这唱腔让泪水染透了衣服。

接着，鼓板开始了紧密的敲击，堂鼓、大锣、手镲、小锣和梆子也紧随其后，声响混杂、热烈、高亢、和谐，一个武戏片段上演了。演员们穿着缤纷炫目的戏装，随着乐器的节奏来回穿行在舞台上，舞弄着手中的花枪，或交锋，或炫技，或腾起，或摔跌，或取胜，或败阵，直让台下的观众喝彩。

豫剧来自民间，无论在什么样的时代，豫剧的唱词都直入百姓生活，跟随时代的节拍，唱的是老百姓所思，跳的是老百姓所喜。那些生、旦、净、丑的角儿们，诠释着时运悲欢坎坷；那些唱腔，时而行云流水，时而酣畅淋漓，时而慷慨高亢，时而哀怨低沉；那些戏里情景，痛恨昏君挡道，报国驰骋疆场，侠义英姿飒爽，心怀爱恨情仇……

豫剧这一文化，任凭时光飞逝，岁月更迭，在一方舞台上显现、浓缩和交汇。

奔跑如痴

50岁，伊始跑步，便持恒。汗水、血水和泪水交融，机械的步履与匆遽的寒暑交替，遇到更好的自己。

——题记

酉鸡年的初冬，我在家附近的一个植物园的环形步道上阔步健走。

这时候，也许是春天即将到来的美好悸动触动了我的情绪，我的步子越走越快。干脆，我改变了手机计步器的模式，开始一路小跑起来。等跑得累了，看到手机的记录是5公里多，配速是6分40多秒。在我已经50岁知天命的年龄，竟然在一个不经意间跑了一个5公里，当时的激动心情可想而知。我旋即发了朋友圈，获得密密麻麻的点赞。

歌德说过："没有人事先了解自己到底有多大的力量，直到他试过以后才知道。"我以前不知道自己能跑，看着国内外各种马拉松比赛，只有羡慕的份儿。记得30多年前，在部队全副武装5公里越野，还是班长和老兵连拉带拽跑了22分钟，到终点几乎缺氧到窒息，对跑步有着明显的惧怕。后来，每次跑步出操，都感觉右小腹有痛感，我便断言自己不适合跑步。

恰逢周末，我又来到那个植物园。虽然春风不寒，但白雪、枯树依然萧条。此时，我内心鼓励自己："我要跑起来，要坚持跑步，否则沉浸在喧闹的生活里，健康会在不自律的生活方式里消失。"想完，就又一次迈开奔跑的步伐。

咬着牙跑完5公里，汗水湿透棉服。彼时，只是一个跑步"小白"，根本不懂跑步的许多讲究。什么跑前热身、跑后拉伸，什么专业跑鞋，什么营养讲究，什么冬跑防护等概念，一窍不通。我想，脚是自己的，抬腿就跑，想啥时候跑就啥时候跑。颇有一些对跑步"初生牛犊不怕虎"的傲然气概。但我浑然不知，虽然冬日的阳光充沛，但尖厉的寒风却穿过了湿透的棉衣。不懂得跑后保暖，反而在园内闲逛，渐渐开始浑身发冷，牙齿打颤。回到家里，我的脸上也开始发烧，浑身像火烧一样。我钻进厚厚的被窝也无济于事。后来，输液、吃药半个月才见好转，咳嗽声震颤着我的胸腔，伴我度过了漫长的冬天。

那个冬天，虽然没有再去跑步，我却从手机和专业书籍里看了不少关于跑步的知识。我也渐渐懂得，跑步是一门集运动技巧、毅力恒心和反复实践以及触动哲学思考的运动，不是抬腿就跑那么简单的事情。我买齐了该买的跑步装备，跑鞋、跑衣、能量胶、腰包……自己潜心体验跑步，也跟着跑步"老将"体验式学习，获得不少跑步"真经"。"跑步是一个奇妙的世界！"这是我跑步后不久的感慨。

有人说，跑步有瘾，一旦跑开就无法摆脱。的确，一次跑步后，又想着下次跑步的事情，跑步已融进脑神经里，占据自己的心胸，附在自己灵魂里，让人挥之不去，欲罢不能。我就是这样一次次跑着，一次次上瘾。如果几天不跑，会纠结到茶饭不香。就这样，我不知不觉跑过了四季。总共跑了

2000多公里，硬是从一个跑步"小白"，到讲究跑量、讲究配速、讲究不同场景和地域训练的老将。跑步深深地吸引着我，爱好到痴迷的程度。

跑步的魅力在于挑战自己。每一次跑步都是一次挑战，每一次跑步都是一次修行。一个人，向着一个看似轻易触及的远方跑步行进，重复着机械、枯燥的步伐，有时跑一个小时，有时跑两个小时，有时跑三四个小时，最多时也跑过五六个小时。跑步不仅仅需要毅力和汗水，也需要付出伤痛和鲜血，我的脚起过泡，脚趾甲也脱落过，肌肉拉伤更是常事。常常在跑的过程中，脚步沉重，意志力崩溃。但此时，两个自己便有了矛盾交织的对抗。一个说："你为什么这样糟蹋自己？快放弃这些无聊的自我证明吧！"另一个说："坚持坚持再坚持，坚持就会遇到更好的自己！"当然，有过崩溃的放弃，但更多的是坚持后的成功。

每次早起跑步，便会听见百鸟热烈欢鸣，眼见东方阳光跃然升起，万物都沉浸在明媚里，花红柳绿、白雪枯草，每一步都是对自然的近切。纵然，遇到狂风暴雨，也一任自己在这自然的疯狂里撒野，感受宇宙的魔法。记忆最深的是冬天低温跑步体验。可以想象，早晨气温大都在零下20多度，跑几圈之后，头上散发出升腾的热气，眉毛和下巴都被霜白"化妆"，头发上缀满了参差不齐的冰碴，棉衣和棉裤都被冻得像坚硬的"铠甲"。从晨练人的目光里，我读出些许不解的意味，也许他们转身就会说："这个人就是个跑步疯子。"当然，付出和收获是成正比的，经历过冬跑后，我获得了"精神干粮"，有了更强的意志和毅力。当面对烈日和高温，面对乌云和骤雨，面对远方和难以企及的目标时，想想冬跑的情景，便添足劲头。

那年年底，我在"咕咚"APP的动态里写道：这一年，是我的跑步元年。从春天开始，到年底跑了2000多公里，虽然也有许多未尽人意之处，但值得欣慰。跑步需要的毅力、汗流和血水，经历和感受了；跑步的欢欣、成就和健康，体验和品味了……我为自己坚持跑步而得意，写了一首《七律·跑步写意》勉励自己：

> 天命鬓白迷步跑，寒暑持恒已千里。
>
> 闻鸡离塌甫道弯，只身奔袭尘烟起。
>
> 枯燥乏味又一程，挑战极限赢自己。
>
> 身轻衣宽粗茶香，琐碎不觉日偏西。

如今，我跑得越来越野，50多岁的人了，却大有"老夫聊发少年狂"的野性。起跑5公里、10公里不在话下，如周末时间宽裕，会进行半马或30公里的长距离跑步。我参加过马拉松比赛全马项目，跑过几十个半程马拉松。我的跑步体验越来越虔诚，每到一个地方，都想用跑步来膜拜——

我跑过故宫红墙，跑过山城，跑过边塞，跑过海滨大道，跑过草原小镇，跑过乡村阡陌……

跑步带给我的益处也不少，诸如睡眠好、精力充沛，也鲜找医生了。更有意思的是，每次长跑，也是思维活跃的过程。有时脑海里空洞无物，只有眼里的云朵和脚步的律动声；有时脑海里又如电影回放，一些过往镜头不时闪现；有时脑海里全是一些人生哲学的拷问，对一些迷茫而又困惑的问题进行思辨……这时的思维是动态的，它的放空、释放过程，都是美妙的。

我愿意称自己是个"跑者"。因为跑步遇到更好的自己，跑步变得与众不同，跑步感受星月美景，跑步找到远方和诗。

跑步让每一天都变得美好。如果你早晨跑步了，你的一天便被激情点燃了；如果你午间跑步了，你便融进如画的风景；如果你晚间跑步了，你的梦便铿锵有力。

　　我想，只要我能跑得动，大概余生便会恒心不改地在跑步中度过吧。

厨 事

坐席，是我小时候最奢侈的事情了。爹娘去亲戚和邻居家参加红白喜事，总会带着我这个"尾巴"。

自己村子就不用说了，要是别的村里的亲戚办事，只要一进村子就会听到高音喇叭里放出的戏曲唱腔，只要循声走去，一准能找到亲戚家。在冀南平原的农村，都是这个习惯。不管是办喜事也好，办白事也好，都要闹出点响动来，让乡亲们知晓。

家里好光景的，就请响器班子来吱吱哇哇演奏，也有的请说唱班子来说古唱今。有的富裕人家还请戏班子来唱上几天大戏。家里不济的，也要从拮据的费用里拿出钱请音响师，在房顶抑或树顶上绑上高音喇叭播放戏曲，一般是豫剧，也有播越剧、黄梅戏的，喇叭里叮叮当当、咿咿呀呀很是热闹。当然，音响师傅是有些经验的，遇什么事儿放什么唱片（那时都是用唱片机播放），比如人家办喜事，像娶媳妇、孩子满月这样的，自然要放一些喜庆欢快的选段；办白事的，需要营造一些哀怨的气氛，就会播放一些悲悲戚戚、催人泪下的唱腔。

那时，我对办事人家的这些动静并不在意。20世纪七八十年代是我生命中的饥饿期。我的肚子不是饿得咕咕作响，就是吃硬邦邦的窝头，导致胃里胀痛。跟着大人来串亲戚，目的就是搜罗油水。我娘说我："俺这孩子就长了一颗吃心。"我不在意我娘对我的评价，我想，人长身体不吃饭咋行？再说，吃饭也不能总吃糠咽菜吧，就连我家猪圈里的那些猪，不撒一把糠还不好好吃食呢。那会儿年少，我老是被吃的和吃好的欲望支撑着，自然也就多了不少吃的念想。

每次走亲戚，我不爱看热闹，想的是给肚子里充填一些食物。因此，每次从我爹或我娘骑的自行车上跳下来，顾不上腿麻，就一颠一颠跑进亲戚家的院子。我站在门里，看到土坯和泥巴垒成的锅台，敦实地布陈在院子当中。锅台上的大铁锅里沸油滚动，厨子拿着漏勺在锅里捞出过油的菜品。旁边的大案板上摆满了诸如醋溜白菜、葱拌藕片、凉拌猪肝等六七道凉菜，每一道菜长长的一溜，就像整齐排列、等待检阅的士兵。锅灶周边摆满的盆子里都是些热菜半成品，有炸好的丸子，有刚出锅的酥肉，有已过油的猪肉片，摆在笼屉碗中的扒肉条等着上锅，数数足有十多道大菜。我看得眼花缭乱，哈喇子也就不住地滋生。

那会儿的我感到，能吃上好吃的是不错的光景。我甚至对厨子这个营生有些爱慕了。有一次，我对我娘说了我想当厨子的设想，我娘自然把我骂得狗血喷头。她说，你就情愿围着锅台转一辈子，有什么出息？

细想，村子里厨子的生活没有清爽，没有浪漫，只有锅灶边的沉闷、油腻和烟熏火燎。自然，我的关于厨子的人生职业设计，很快就被接踵而来的对比和思考捻掉了。

后来，我进了部队，当了连队文书，当了团新闻报道员。在文字领域里探索追寻，用一篇篇带着墨香的铅字来塑造我的文字高度。我看到有的老乡被分到炊事班，竟然为之产生悲悯情绪。我在给爹娘的信里，为自己到团政治处当新闻报道员进行浓墨重彩的夸耀。

然而，命运在这里拐了一个弯。那是我入伍的第四个年头。团政委对我说，团里没有新闻报道员的留队指标，要想留在部队发展，得占用厨师的指标。这样，需要下到连队当炊事兵过渡。

我明白政委的苦心，这是留下我这个文字特长士兵的一个权宜之计。我努力挣扎的结果，到头来还是没有挣脱命运的安排。那次，我真正感受到命运玄妙。那一夜，我陷入深深的苦恼之中，任凭时光在窗外黑白更迭。

我想，学会面对，何尝不是一种成长。

这日，我背着铺盖卷，从机关宿舍来到连队炊事班。

我没有从厨经验，剥葱、剥蒜、削土豆皮、涮锅、刷碗、清洗地板，只能给师傅们打下手。每次，我干完杂活，看着准备菜料的战友刀工娴熟、节奏合拍，切出的土豆丝匀称整齐；看着炒菜的老兵手里的大铁铲在锅里上下翻飞，一道香味扑鼻的大锅菜少顷就做出来了；看着做面案的战友在案板上嘭嘭甩动着面团，几回合下来就揉出一笼又一笼好看的馒头……我看在眼里，郁郁地感到厨房里的精彩。

之后，我渐渐释然了，丢却了以往纠结的心思，踏实下来，想在厨房里找到自己的坐标。我向连里的领导请求，到城里学习烹饪技术，立誓做一个称职的厨师，竟然得到批准。

我又背起铺盖卷，到一个师级部队招待所学习烹调。带我的师傅姓鲁，是个30多岁的清秀男人。鲁师傅跟我说，他十五六岁学厨艺，干了十几年才练成个二级水平。他说，学厨师是个苦差事，整天烟熏火燎、浑身油腻，没有决心和恒心是坚持不下来的。

我懂，吃得苦中苦，才能有所成就。我憋足了劲，想学好这厨艺。

师傅先教我磨刀。在厨房，厨师们都有自己的专用刀，别人的菜刀是不能随意用的。我也买了一把菜刀，每天到厨房后边的磨刀石上跟师傅学磨刀。磨刀也有讲究，先纵向磨，再横向磨，纵磨刀腹，横磨刀刃，反反复复之后，擦去刀刃上的石泥沫，就见刀光闪闪了。

从师傅的嘴里，我获得不少学问。师傅说，精湛的刀工是一名高厨不可或缺的部分，刀工讲究切、片、削、剁、剞、劈、剔、拍、剜、旋、刮、雕等10多种技法；切法里还分直切、推切、拉切、锯切、铡切、滚切；劈法里（砍）又分直劈、跟刀劈、拍刀劈……师傅说，世界上有中国菜系、法国菜系、土耳其菜系"三大菜系"，中国有鲁、川、苏、粤、闽、浙、湘、徽"八大菜系"，京菜和鄂菜近些年也成风靡之势。师傅为我打开了一扇学知之门，我默默地吸吮着这些知识，感到烹饪世界的奇妙。

厨房里，师傅们头戴白色高帽，在锅灶上或炖，或焖，或烧，或炒，或熘，或煎，或炸，或扒，铁锅在炉灶上翻动，烟火飞扬，铁铲敲击铁锅的响亮声响，形成了一幅忙碌的烹饪风景。一道道菜出锅了，师傅们炒出的菜肴色泽鲜亮、香味扑鼻，显示出他们精湛的厨艺。作为一个学徒，站在博大的烹饪文化边缘，内心产生了强烈的追随愿望。

厨房里的时光漫长、单调和琐碎，但是我不敢怠慢。练刀工，是最苦的差事了。虽然，厨房里有肉片机，却很少用。大部分时间，我都站在案板边，切出丝、片、丁、条、块等形状的菜品备料。常常，食指被刀背硌出了血，扶菜的左手上也留下了一个又一个刀痕。在厨房里，我也做些其他活计，准备葱丝、姜末、蒜末是我的必修课，待师傅们上灶炒菜时，我已经把这些前期打杂的事情做好了。有了空闲，我就拿起炒锅学习翻勺，锅里的沙子随着我生硬的动作翻滚着，直到端锅的手累得抬不起来。打鸡蛋是我比较得意的活儿，每次打三四百个不在话下，最后竟能一只手娴熟地打碎、去壳。当然，也有把鸡蛋皮掉进蛋液里没有发现，鸡蛋皮硌了食客的牙而挨骂的经历。

几个月后，我便"学有所成"了。我用山楂、橘瓣、山里红和火腿等成品菜料，能拼出多种好看的凉菜。我学会了慢火酱牛肉，酱出的牛肉色味俱全，自己会情不自禁地尝上几口。一些大众菜，诸如糖醋松鼠鱼、鱼香肉丝、宫保鸡丁、木须肉等易做菜肴也能上灶烹饪了。

那年底，我结束了10个月的学习返回部队。这段烟熏火燎的日子在我的心里扎下了根。很多时候，我在记忆里咀嚼、回味，想起那些人、那些事、那些时光，竟深深地陶醉其间。

后来，由于工作关系，我没能继续从事厨师工作，学到手的一些浅显的烹调技术也没能得到展现。但是，经历是一种财富，那段岁月让我感知了烹饪世界的高深和厚重，感受到烹调的创造魅力。

声音的记忆

随着年龄的增长，仓储的记忆越来越多，特别是声音的记忆，只要想起那些陈旧、斑驳和温暖的声音，内心总会有浓浓的感动。

一

在老家冀南农村，生活物品都要到乡镇集会上购买。但平时要买针头线脑等物件，就只能等走村串巷的货郎了。那些年头，机动交通工具还是稀罕物，这些货郎售货只能挑着担子，骑自行车、推手推车的都算条件好的了。

这些做小买卖的人，招呼买卖就靠他们的大嗓门。

"磨剪子嘞，戗菜刀！"一听就知道是磨剪子的来了。磨剪子的人把"嘞"字挑得很高，"刀"字拖得很长。喊不了几句，就有人出来送活了。

街巷里又喊上了——"破铺陈、老套子，换大针、换二针嘞！"这声音很像相声的贯口。我娘听到这个声，就赶紧翻箱倒柜找一些破棉絮和旧衣服，找买卖人换一些针线和顶针之类的物件。

要说叫卖声最有特点的是卖调料的，他们一进村就扯开嗓子喊上了："大茴香、小茴香，陈皮、肉桂，四川姜！"那个"姜"字，由低到高，由近到远，给村子增添了些许韵律。

还有卖豆腐的、卖焦花生的等，那些做小买卖的，各有各的腔调和叫卖法。这些烟火味十足的声音，伴随我走出乡村，走过天南海北，成了我生活记忆的底衬。

二

有的声音一旦想起就热血沸腾。

我从部队转业到地方，一晃已经20多年了，一些事情已经被岁月淹没，影影绰绰记得不甚清楚了。但是，那些嘹亮的歌声，屡屡在我的内心深处升腾起来，让我激动、亢奋、爽快和骄傲。

在部队枯燥的学习训练之余，学歌就算惬意和享受的事情了。我们大部分不识乐谱，学歌靠的是死记硬背。一首歌学个三五次，旋律大概就记住了。有难度的旋律，几次是不行的，多练习几遍也能掌握。当兵不到半年，我们这些新兵就学会了《我是一个兵》《打靶归来》《一二三四歌》《咱当兵的人》《小白杨》等气势如虹的军歌，也学会了《十五的月亮》《喀秋莎》《说句心里话》《绿岛小夜曲》等几十首抒情军歌了。

试想，一个团级建制的军营，十几个连队，除休息间隔，歌声此起彼伏的场景。

出操唱歌，饭前唱歌，训练唱歌，集会唱歌，汇演唱歌……军人唱歌，声如洪钟，龙吟虎啸，先声夺人，齐吼震天。

中秋佳节，边关冷月，战友们深情地唱起来了——"十五的月亮，照在家乡，照在边关，宁静的夜晚，你也思念，我也思念……"冷月无声，我们这些有钢铁般身躯的兵们都唱得满眼热泪。

摸爬滚打，卧冰滚雪，是意志的彰显。训练归来，队伍逶迤，步伐整齐。可战友们哪顾得上苦累，吼起来了——"日落西山红霞飞，战士打靶把营归、把营归，胸前红花映彩霞，愉快的歌声满天飞……"

回想部队唱歌，最扣人心弦的当数大礼堂集会拉歌了。初始时，连队先轮流唱歌，之后就拉歌了。指挥员站在前排，大声喊："某连唱得好不好？"大家高声回应："好！"指挥员又喊："再来一首要不要？"大家又回应："要！"接着就是有节奏的掌声，直到被拉的连队开始唱歌。唱毕，又一轮一轮拉歌。战友们的嗓子喊破了，手掌拍疼了。高亢的歌声在礼堂里回荡，地动山摇。

三

只身在外几十年，一些声音陪伴我左右，成为我成长之路的阶梯和金玉良言。

我的母亲虽然大字不识几个，却也明事理。我当兵时语重心长地对我说："咱家祖祖辈辈种地吃饭，在村子里没人说咱啥。你到外边，不用混得大富大贵，把咱家的脸面保持住就行了。"

我懂老娘的话。走出家门几十年，我实诚做事、清白做人，虽然没有混得富贵显赫，却也在平淡和努力中感受到世界的美好和生活的乐趣。

如今，我可以告诉已至耄耋的老娘，我保住了家的脸面。

年轻时在部队学写文章，之后便向新闻媒体投稿。很多带着股切希望的稿件盖上部队的邮戳寄出去后，都如泥牛入海，杳无音信。有一次，一位省报的编辑到部队采访，这位北大中文系的兄长对我说："写文章基本功很重要，你的学历浅，就用笨办法，每天抄文章，学习别人文章的立意、结构和语言特点，兴许会管用的。"

这位老兄的话，就像我生命灰暗地带的光柱。我照着这位编辑教我的笨办法，抄写了不少文章，也慢慢找到了写文章的技巧，后来便也通过知识改变了命运。

从部队转业后，我有幸来到省级组织部工作。在部队形成的豪爽、仗义的性格在新的环境中，一时难以适应。幸好，带我的师傅虽然比我小几岁，但也是"老人"了，他告诉我："要多做少说，待人接物要谦逊和蔼，凡事功利性要少。"

我听了他的话，在心里沉淀了许久，也依葫芦画瓢地试探着改变自己的行为方式。几年过去后，我也渐渐成为一名合格的组织干部。如今，我早已离开了组织部，但是在组织部的那几年获得的阅历和视野，让我受益匪浅。

跑给自己

不得不承认，跑步也会迷失自己。

当然，我说的迷失不是跑得很远，找不到回来的路。而是，跑步所带给自己的冲击、陶醉和迷茫。

有的人困惑道："跑步那么简单，一个人或一群人迈开腿就跑，有什么值得骄傲的吗？"我的回答是肯定的。

因为你跑步，你就掌握了运动的技巧。

因为你跑步，你就拥有了超乎常人的自律。

因为你跑步，你就拥有了非凡的毅力。

正因为你跑步，在喧嚣纷杂的世界里，你就有了自己的时间、空间和距离。

做一个快乐、健康、优秀的跑者，需要长久的努力和修炼。

一

跑步是一门学问。

如果对跑步没有深入的、长久的揣摩体验，可能会惧跑、盲目跑，甚至会厌跑。跑步的魅力，只有努力实践的跑者才能感知。而不跑的人常常会说："少跑吧，跑步伤膝！""跑得太多了，跑步就那么有意思？"……我即使口干舌燥地讲一番跑步的益处，也不被理解。我觉得不与跑步结缘，不与跑步交集，不热爱跑步，便是一种美好的失却。

与跑步的美好"遇见"，不仅仅需要一份敬畏感，更需要逐步认知和反复体味。唯有如此，我们才能爱上跑步，痴迷跑步，享受跑步。

跑步是"一扇门"。跑步之初，都会走一些弯路。有的跑者为了"炫速"，在跑道上突然飙飞，配速"爆表"，但跑不到几百米就累得气喘吁吁，不能为续；有的跑者没有跑量，突然心血来潮跑个超长距离，出现脚肿、膝伤、昏厥等症状，跑后出现"跑步恐惧症"，许久走不出跑步带来的阴影；有的跑者不注意跑休结合，早晚跑、天天跑，痴迷其中，出现疲惫不堪、萎靡不振的"过度跑现象"；还有的跑者没有经过系统训练，就迫不及待地参加马拉松比赛，落得个"走麦城"的悲哀结局……

一个初入跑步圈的"小白"，应该潜心研究跑步的学问，努力修炼成一个"会跑"的跑者。实现这一过程有多种方式，可以向前辈学，请教跑步的要领、科学的跑法、训练的方法等；也可以加入跑团跟跑，在跑中学、学中跑，这样可以掌握跑步的技巧。如果你是个腼腆的人，不愿意请教他人，也可以向书本学，如读《跑步，该怎么跑？》《丹尼尔斯经典跑步训练法》

优雅的烟火　　89

《跑步时该如何呼吸》等经典跑步著作，读完定会受益匪浅。当然也可以自己"悟"，一边跑一边总结，在体验中寻找不足，纠正偏差，在姿势、呼吸、步频和步幅上渐入佳境，成为一个熟练的跑者。

人生有许多"新的开始"，有许多初始时的误区和弯路，跑步亦然。但只要有专心，有恒心，有细心，就会从不懂到熟悉，从懵懂到了然，从新兵到精英。

二

跑步的终极价值是为了健康。

许多跑友仿佛忘记了跑步的初衷，在错误的跑道上渐跑渐远。

巴菲特说过："如果你在错误的路上，奔跑也没有用。"把这句话放在跑步圈也十分合适，这句话不仅仅有哲学意味，更是对过度痴迷跑步者的一个忠告。

浏览微信跑友圈、咕咚跑友圈等跑步资讯，看到有的跑友誓言3年参加100场全程马拉松；有的跑友不满足全程马拉松42.195公里进"4"（小时），想进入"3时30分"精英行列；有的参加跑步比赛，走火入魔，无心工作；有的经济拮据，即使入不敷出，也想方设法参赛；有的因跑伤弃跑，在生活中萎靡不振；有的为了配速成绩，猝死在跑道上……我在北京跑故宫半马时认识了一位跑者。她热情地带我跑了故宫线路，我也因机缘在"咕咚"上关注了她。后来，我发现她在室内跑步机上跑得多，月跑量都在七八百公里，几乎每天一个半马，每月都有一两个全马。在咕咚上围观的跑友很多，在留言中有惊叹的，有膜拜的，当然也有理性的，看到一位跑友留言写道："你跑量够大，要跑休结合，别挥霍本钱。"作为跑友，我也曾经给她留言："女神，请走下神坛，跑步不是为了得到喝彩和炫耀，而是快乐、健康！"她在跑圈是一道亮丽的风景。但是，任何事物都是有度的，哲学上对"度"的解释是：量的增减不改变事物的质，超过这个界限，就要引起质变。人作为一个凡胎肉身，每个器官都是有寿命和限度的，过度消耗并不可取。因此，跑而有度，要尊重科学。但愿她能放下，做个轻松的跑者。

魏晋玄学家夏侯玄曾说："天地以自然运，圣人以自然用。自然者，道也。"作为跑者，无须刻意追求外在的虚华，只要量力而跑，一切美好都在顺其自然中得以诠释。

三

被誉为跑道上"黑色闪电"的杰西·欧文斯说："我一直热爱跑步……这是你自己单独能做的，并且是根据自己的能力。你可以跑向任何方向，想快就快，想慢就慢，如果你喜欢还可以跟风对抗，完全靠自己脚力和肺的勇气寻找新的风景。"

的确，跑步与他人无关，与速度无关，与荣誉无关。穿上一双舒适的专业跑鞋，一个人或者一群人，一条道向远方奔跑就可以了。要当一个"好的跑者"，但也不是说跑就跑的，要具备几个"心"：

跑步的恒心。跑步说起来容易，行动起来就会困难重重。如果你没有超人的毅力，你就会退缩。面对诸如，你能拿出大把的时间跑步？你能披星戴月地跑？你能风霜雪雨无阻？你能轻伤不下火线？你能坚持多久？等等。这些都是能否成为出色跑者最基本的要求。

跑步的专心。跑步看似随意，其实有很多专业知识，需要长期学习和揣摩。从跑步的热身到跑步的动作要领，从跑步的步幅到跑步的步频，从跑步的配速到跑步的节奏，从核心训练到间隙训练，从跑步的补给到跑后的拉伸……无不要求有专业知识和专业经验。有时，一些技巧就如一层窗户纸，不参加专业培训，不跟跑团前辈请教，即使自己琢磨很久也突破不了，往往经过跑步教练和专业人士"一语点破梦中人"。

跑步的"花心"。此花心非彼花心。大家都知道跑步是个"坑"，消费没商量。现在一双专业大牌跑鞋，动辄上千，按照专业要求，800公里换一双，跑量大的跑友一年都要换两三双；跑步服装，加上季节性更换，长的、短的，单的、棉的，素的、彩的，名牌的、实用的，不一而论，需要的花销也是惊人的；参加马拉松比赛，需要报名费、交通费、住宿费等；营养补充也不是简单的事，需要高蛋白和高能量食品，营养是动力之源，这笔钱是省不掉的；还有培训、恢复按摩、受伤治疗等。但跑步的魅力在于，乐在其中、乐此不疲。

跑步的禅心。跑步从来就不是一件急功近利的事情，如果从功利的角度看，就是快乐和健康。在快乐跑、健康跑的同时，跑者会感受到跑步的许多美妙之处——听风过耳的轻吟，看朝阳夕暮的霓彩，经春花秋月的更迭，品风霜雪雨的味道，踏蜿蜒曲折的荒路……一个人一条路，在轻盈的脚步声里，远离喧嚣烟火，想着来世今生，想着人生价值，想着城市乡村，想着高巅低川，想得很多、很多；有时也清空思维，什么也不想，面对前路，毅然奔跑。

只需你迈开腿奔跑，你的世界便从此改变。

山河留痕

Shanhe liuhen

遥远的敕勒川

敕勒川，是一个裹挟在深邃历史之中的文化符号。

它的久远，让我产生了无比的好奇和探寻之心。它从远古走来，在逶迤而行的时光里，不知道上演了多少传奇……

我翻开泛陈的古书，在绵软酥脆的纸页翻动中，恍若穿越时光，依稀看到它那迷离隐现的身影——

横亘在阴山山脉大青山南面支脉的大窑文化遗址，显现出人类文明发祥的痕迹。山上盛产燧石（俗称火石），远古的居民常用它来打制各种石器。这个时期的石制品种类多样，有石核、石片，多种砍砸器和刮削器，其中龟背形刮削器独具特色，是该文化的典型石器。20世纪70年代，该遗址被考古界逐步发现后，震惊世界的大窑文化遗址展现于世人面前。著名考古学家贾兰坡先生说："这是我国北方旧石器时代石器文化的标志性遗址，它为研究我国文化发源提供了极为重要的科学论证资料。"

据史书记载，夏商周时期，山戎、猃狁、獯鬻等民族过着"逐水草迁徒，毋城郭常处耕田之业，然亦各有分地”的生活。我不禁臆想，秋日的草原上，萋萋芳草随风摇曳，牛羊踏草择食，如织如潮，牧人策马扬鞭，好一幅草原牧歌图。也有人在草原上垦一方沃土，播种五谷，糊口屯粮，开启农耕文化。战国时期，各诸侯纷争不断，赵武灵王修筑长城，在敕勒川地区最早设置了地方政权机构。战国末年，匈奴崛起，缔造了蒙古高原第一个强大的政权，创造了独具一格的文明……

许多王朝的盛衰都在敕勒川这片沧桑的土地上推演。经过古老岁月的沉寂，这里每一个岁月的褶皱都浓缩了曾经的精彩和黯然，浓缩了时代的变迁和起落。

我流连在古老时空里，抚摸着斑驳的往事，禁不住吟诵起那首脍炙人口的诗谣——

“敕勒川，阴山下，天似穹庐，笼盖四野。天苍苍，野茫茫，风吹草低见牛羊。”

这是一首歌颂敕勒人安逸生活的歌谣。魏晋南北朝时期，敕勒族向南迁徙，因其“乘高车，逐水草，畜牧蕃息，数年之后，渐知粒食，岁致献贡。由是国家马及牛羊遂至于贱，毡皮委积”，被称为“高车族”，后被统称为“敕勒族”。敕勒人用勤劳的双手，繁荣了敕勒川地区的畜牧业，出现“风吹草低见牛羊”的富饶、美丽的景象。《敕勒歌》就是他们恬然美好的生活景观的写照。人们尽情吟唱，伴之舞蹈。敕勒歌传唱了千余年，经久不衰。若干年后，被北宋郭茂倩辑入他的《乐府诗集》，成为中国的著名诗篇，家喻户晓。

诗歌里的敕勒川，久远的敕勒川，时今何在？

据《魏书》记载：“列置新民于漠南，东至濡源，西暨五原、阴山，竟三千里。"司马光在《资治通鉴》中也明确记载:"东至濡源,西暨五原、阴山,三千里中,使之耕牧而收其贡赋。"敕勒川古时亦称"朔州",而北魏时的朔州,东至抚冥镇,南到山西河曲、偏关,西跨黄河。按现代地质学家对阴山的解释为:"西起狼山,经乌拉山、大青山、蛮汉山、灰腾梁山、大马群山,东至滦河上游,全长千余公里,南北宽百余公里。"按照史书记载和现代的地理分布,阴山两麓、黄河两岸之间的广袤平原就是敕勒川的地域范畴。

我曾无数次行走在这些地域。所到之处,霓虹闪烁,车流滚滚,高楼栉比,时尚弥漫,现代文明已经湮没了遥远的历史。人们似乎淡忘了敕勒川的过往。

我有了一种淡淡的失落,为这里厚重的历史,为往昔熙攘的历史……

近日,我随手翻看一本杂志,无意间看到一幅墨韵横生的水墨画——

画面上天色迷离,雪团飞扬,群驼簇拥顿足,仰头嘶鸣,一位姑娘骑在驼背上,双手紧抓驼缰,身上穿的似乎是蒙古袍,头上的围巾,也许是粉红色的,也许是湛蓝色的,随风飘舞。肆虐的暴风雪淹没了方向,牧驼姑娘在暴风雪里探寻归途……

这幅画叫作《敕勒川牧歌》,作者是著名画家、中国美术家协会原主席刘大为先生。他娴熟地运用浓墨、淡墨、湿墨等绘画技巧,巧用黑、白、灰的色彩层次,把草原牧驼景象淋漓尽致地表现出来。

敕勒川的历史并没有被忘却。但是,考古界的一个个发现,学者在史书里寻觅的论说,以及现今"敕勒川人"的精神风貌,远古敕勒川的声音在耳畔回想。

重温历史,也许会让我们懂得更多一些。

寂寞的行走

小时候，我是不爱行走的。

我记得，夏天去地里抢收麦子，我跟在父亲和姐姐的后边，家人已在田地里干了半天，我才磨磨蹭蹭来到地头。父亲带着怒气的叫骂声也呼啸而来："在路上数蚂蚁嘞，指望你干活都晚了三春了！"面对滚滚麦浪和烈日下汗水浸透衣衫的割麦人，我有些逃避、无奈和抗拒的意味。

看着村东边的柏油马路上票车（村里人对出售车票的大巴的称呼）呼啸着烟尘旋风般而去，我怔怔望着细细的柏油马路尽头，希冀自己也坐上票车，远离农村单调枯燥的生活，躲避机械苦重的田间劳作，逃离父母喋喋不休的责骂。我的一颗不安、躁动的心逐渐显露出来。

16岁那年，我背着绿色背包第一次离开生我养我的村子，来到千里之外的异地从戎。从那时开始，我的脚步就再也没有收住。

一

人在营地，一次次外出行走，都会给寂寞、单调的生活增添一抹活力，让我得到别样的历练。

新兵下连队前，最后的训练科目是野营拉练。这是一次负重百里的行走。公路上绵延数里，全是背着背包和全副枪械的新兵队伍。起先，队伍步伐整齐，口号震天，歌声嘹亮。我们新兵在队伍里，大有雄赳赳、气昂昂的气势，步履强劲，脚下生风。渐渐的，我的腿就越来越重了，步子也不那么轻便了。有的新兵快要掉队了，被班长呵斥着前行；有的身体弱的新兵倏然倒下了，被抬上救护车。隆冬，凉风吹打着脸颊，哈气把士兵们的眉毛和下巴都染成了霜白，像步履蹒跚的圣诞老人。我被队伍拉扯着前行，迈着沉重的步伐。我的两种思想在斗争，一种是坚持，一种是放弃。两种思想更替着占据上风，最后还是坚持站住了。我琢磨，每迈一步都有一步的意义，如果我的步子停下了，就是一种放弃，就是对一次不同寻常行走的背弃。我没有放弃，艰难地随队而行，队伍来到近25公里外的一个村子，指挥员命令就地休整。我瘫坐在背包上，感到脚隐隐作痛。我忙脱去袜子，看到脚趾上硕大的水泡冒起，战友忙帮我找来针一挑，血水便汹涌而出，伴随而来的自然是穿心的疼。那次挑破水泡的疼镶嵌在我深深的记忆中。那次野营拉练对于我来说它的意义更是象征着克服、必胜、超越和磨炼这些关键词。行走，在我那时年轻的人生里被赋予新的意义。

我们驻扎的营盘后的那座山是大青山，海拔2000多米，巍峨连绵，灰蒙蒙的，少有绿意。面对寂寞无聊的军队生活，爬山竟成了一种消遣。爬山需要力量、意志和勇气。可以说每爬一次大山，都是对自我的一次挑战。我回想起，每次爬山时匍匐着的身姿，小心绕过陡石、险坡和荆棘，婉转曲折前行，不久便气喘吁吁了。不时双手掐腰，回望来路，喘喘气，再爬。呼吸越来越粗重了，嗓子被浓重、急促的呼吸折磨得像撕裂般疼痛，步履像灌了铅一样沉重。遇到险段，还要手抓脚蹬小心翼翼地攀越。爬山的过程，艰难、磨砺，充满寂寞，像是一个人落寞的行走。不过，行走也是充实的。我时而在山腰哼唱，时而在石头上自语，时而扯开嗓子"啊！啊！啊！"地喊，时而在荆棘丛里采摘山果，这可是我自己的世界。登上巅峰后，放眼远眺，乡村、城市、草原和阡陌尽收眼底，世界也浓缩成一幅画卷。

我之所以义无反顾、一次次地攀爬，是因为我的人生里须臾不可或缺地契合了这种行走。我顿悟，爬山其实就是一种向上的行走，这种行走不仅仅有高度，更有望远的视野。一个凡夫俗子需要这种高远，需要在高远里过滤生活里一些平实的念想。

二

古埃及有一位隐士说过："我的一生是富有的，因为我曾经历过。"我喜欢这句话。20世纪90年代初，我当上一个师级单位的新闻干事，之后就背着行囊经历了一次又一次涉远行走。

我去过一个中蒙边境小镇，叫满都胡宝拉格镇。它坐落在锡林郭勒草原深处，毗邻蒙古国。我的采访任务完成后，与自称和部队是"铁把子"关系的牧民巴特尔拉我到他的蒙古包做客。来到蒙古包，他把我安排在较尊贵的位置坐下。少顷，老额吉便端上奶皮子、奶豆腐、黄油和炸果条。自然也是少不了的，奶茶倒进木盏里，加上黄油、炒米和牛肉干，饮上一口，地道的感觉一下子就找到了。巴特尔从羊群里抓了一只羊，只用了十几分钟就把羊宰了。羊肉放进锅里，老额吉把几块干牛粪塞进灶膛，锅里很快就冒出热气。不一会儿，羊肉就端上桌了。羊肉，连同血肠、肉肠、羊肚、羊杂一下子就摆满了桌子。蒙古族好客、热情、敦厚和实诚，让我这个异乡人深受感染。我品尝着桌子上的美食，旋即又端着银碗，斟满了酒。敬老额吉，敬巴特尔，敬陪我的中队战友。酒的名字很有趣，叫"闷倒驴"，大概是说酒的劲头大的意思，是草原产的高度白酒。我在推杯换盏中，很快便醉得不轻。以至于巴特尔唱的敬酒歌，只隐隐约约进入我的记忆。我连续睡了十几个小时，直到第二天早晨爬了起来。见桌子上摆满了奶豆腐、奶酪和黄油等奶制品，是巴特尔给我带的。我离开了满都胡宝拉格镇，走时没有见到巴特尔，他放牧去了。在颠簸的大巴上，我回味着香醇的奶茶，回味着热气腾腾的羊肉，回味着醉人的酒，又产生了深深的感动。去草原，感受到民风的淳朴、牧人的敦厚。牧民不需要一个外来人做什么，你只要感受草原的热情和博大，感知他的热情和真诚就可以了。去草原，丢却了城市的滚滚红尘和喧嚣，经历了一次温暖心灵的旅行。

在荒无人烟的戈壁滩上，吉普车扬起一股又一股黄烟。傍晚时分，汽车在戈壁上颠簸了一整天后，终于到达驻扎在"死亡之海"的巴丹吉林沙漠边缘的森林武警中队。我站在戈壁滩上驻足远望——夕阳下，巴丹吉林沙漠泛起粼粼沙波，沙丘起伏蜿蜒，沙脊线婉转寂静。但是，沙漠的乖舛变异让官兵们谈之色变，中队官兵就有过许多与"沙魔风暴"的遭遇，每次都险象丛生，官兵们一次次躲过生死之劫。我看到戈壁上部队孤零零的营房，看到士兵们从百里之外拉来含氟量很高的水，看到没有音乐、没有人烟的士兵们的青春生活，看到捍卫沙漠上珍贵的梭梭和胡杨林的忠诚士兵……我的内心一次次被这些场景所震撼。陪同我采访的副大队长王玉玮对我说，他也在戈壁滩干过8年。驻扎在这里常年不见人烟，人都待傻了。有一次，他去兰州买物资，坐在马路牙子上看来往的人流，眼睛都不够使了。他还讲了自己和战友遇到沙尘暴经历生死的往事。我的采访本上记满了密密麻麻的素材，这让我对边防军人有了新的理解。我懂得士兵这个称呼的含义，看到艰苦、特定环境下的生存状态，同时感受着大自然的柔情似水和桀骜不驯。

我20多岁的那些年，走过许多地方，戈壁、草原、森林、大山、丘岭、江河，都留下我年轻的足迹。我用脚印感知大地，用眼睛观察世界，用心灵体味那些士兵的故事。我疲惫不堪过，索然无味过，深深感动过，号啕大哭过，欣喜若狂过，大碗喝醉过。那些年的行走，虽苦累、艰辛，但收获颇多。许多片段压缩在我行走的记忆里，是那么丰富多彩，那么生动鲜活。有时候，我掀开这些绵长的记忆，一件件、一帧帧、一幅幅姗然走来。我沉醉着，一次次对它们进行检阅。

三

迈入不惑之年，我依然钟情行走。与其说行走让我的人生阅历丰富，还不如说行走让我学会了思考。

很多时候，我穿着舒适的运动鞋，一个人走上马路或者无人的境地。我迈动着双脚，思维也在行走。我思考着事业和家庭，思考着人际和琐事，思考着现在和将来，思考着人生和价值……常常是，不经意间便走了很长的路。

曾经面朝大海，仰望山岳，穿越大漠，走进森林……在拜谒和流连间，更多的是对大自然鬼斧神工惊叹不已，对大自然呈现出的神奇充满敬畏。

其实，人生就是一种生命的行走。这种行走没有喧嚣，没有歌唱，即使有人擦肩而过，也是悄无声息的。穿过熙熙攘攘的人群，内心不为所动，因为行走本身就是孤独的。这种行走没有功利，没有技巧，没有渲染，有的只是永不停歇的律动和生命的真切。

行走中面对不同的岔路，面对眼前的风景，我们往往别无选择。

行走，行走，依然要迈开步子前行。

高山之巅

作为一个平凡的人，穿越琐碎、庸碌的生活空隙，总该有一些美好的追逐。

记得一个熟识的老人说过："人这一辈子，无非三件事。第一件事是需要谋好养家糊口的差事；再一件事是需要维系好家庭亲情；第三件事是需要培养好自己的情趣。"这话不无道理。

人这一辈子需要养家糊口，需要家长里短的浓厚亲情。这两者很重要，是每个人生命过程中须臾不可或缺的。但是，我认同人活着更重要的是要有情趣。譬如，我自己喜欢文字、摄影、品酒，也喜欢游泳、打球和跑步。把这些喜欢和爱好，贯穿在自己庸常的日子里，生活便多了许多快乐、浪漫和诗意。

我还喜欢一项具有挑战意义的情趣，那就是攀登高山。

也许，因为我的老家是冀南大平原的缘故。从小圈养在黄土乡村，没有机会接触大山，无形中便升腾起对山的敬畏和崇拜。

从戎后，我来到内蒙古高原中部，八百里大青山就横陈在兵营的后方。大青山属于阴山山脉，经历过亿万斯年的演变，古籍记载的"森林葳蕤，猛虎出没"的景象不见了，"敕勒川，阴山下，天似穹庐，笼盖四野。天苍苍，野茫茫，风吹草低见牛羊"也成了千古绝唱。

大青山有些光秃秃的，有零星的林子也是人工种的。遇到雨水好的年景，山上便有浅浅的绿意，契合了大青山这个名字。如果干旱无雨，那就只有刺眼的、没有生机的山体了。但是，这就是缘分，与一座大山的相遇。

那时，我常常在闲暇时爬上陡立的大青山，望向家乡的方向，思念就像发酸的酵母，眼泪无声地溢出眼眶。

年轻时，我两次攀登过泰山。我对泰山的印象，就是文化意味比较浓。当然，泰山作为五岳之首，其以雄、奇、险、秀、幽等著称，带给人的震撼是不言而喻的。

泰山的人文历史是空前的。自秦始皇封禅泰山后，历代君王都在泰山封禅和祭祀。古今文人雅士更是慕名而至，吟咏诗词，挥毫留痕。孔子的《丘陵歌》，司马相如的《封禅书》，曹植的《飞龙篇》，李白的《泰山吟》，杜甫的《望岳》……不胜枚举。

名胜古迹随处可见，玉皇寺、神宝寺、普照寺等庙宇，烟火缭绕，神秘幽静。北齐人在经石峪的经典石刻《金刚经》，让人震撼。2000多处泰山碣石碑刻，集历代书法之大成，真草隶篆、颜柳欧赵，大放异彩，直让观者惊叹不已。

泰山的古树颇多，《史记》里就做过描述："茂林满山，合围高木不知有几。"可见泰山的古树木之多。游走在泰山之间，遇到像汉柏凌寒、唐槐抱子、六朝遗相、五大夫松、宋朝银杏等有"故事"的千年古树，也不是惊奇的事了。古树浓缩了沧桑岁月，与之对视，感受时光的味道，自是一番意境。

泰山，因深厚的文化遗迹名扬天下。与其说去拜谒泰山，倒不如说是去接受泰山的文化洗礼。

玉龙雪山的高度，是令人仰望的，也是我爬过的诸多山里海拔最高的。

看到玉龙雪山，便被玉龙雪山的雄浑气势所震慑。其13座山峰逶迤连绵，似一条飞舞的巨龙，纳西族人称它为"欧鲁"，汉译为逶迤如玉的天山。上次攀登玉龙雪山，让我产生前所未有的征服欲。

从古城丽江乘车15公里，便来到雪山下。映入眼帘的是一幅绚丽画卷——湖泊清澈波动，绿草如茵，格桑花摇曳，云南松林、丽江云杉林、大果红杉林和冷杉林在山间密布。仰望雪山，高耸入云，山巅的白雪与白云融为一体，分不清是云还是雪。

我们乘索道来到半山腰，随盘山道开始攀爬雪山。随着海拔越来越高，空气开始稀薄，喘息也变得粗重起来，头也变得木木的，脚下就像踩着棉花，步履维艰。最终爬到雪山最高处，看到一块竖立的长形椭圆巨石，上边雕刻着竖排阿拉伯数字"4506"。

站在雪山之巅，望着冰川绵延而去，白色烟雾与人共舞，如同身临仙境。不禁吟起李京的好句"丽江雪山天下绝，积玉堆琼几千叠"。面对大自然的雄奇和造化，怎能不由衷感叹？

几年前，我到重庆谋差事，儿子恰好在重庆读书。他知道我喜欢登山，便陪我攀越重庆的最高峰——缙云山。缙云山也是座亿万年的古山，古称巴山。这座高山海拔上千米，青石古道，竹林葱郁，百鸟鸣翠，清雾缭绕。在峰回路转中，领略了狮子、香炉、日照、猿啸、朝日、莲花、玉尖、宝塔、聚云九座山峰的奇险风韵。最后站在最高峰——狮子峰时，远望峰峦叠嶂，俯瞰汹涌澎湃的嘉陵江，心中顿时宽广许多。几个小时攀登的疲惫，也瞬间抖落了。那次在缙云山最难忘的是，在山巅小餐馆品尝的嫩笋炒腊肉、蘑菇炖山鸡和素炒山野菜，味道之嫩鲜至今都念念不忘。

岁至两鬓渐白，五岳也只去过泰山和嵩山，华山、衡山和恒山未能成行。至于"三山"里的黄山、庐山和雁荡山，更是没有圆梦。虽然至今都是些遗憾，但其他的山倒是攀登了不少，譬如江西的井冈山、承德的燕山、山西的太行山、西宁的北山等，也不记得有过多少次气喘吁吁的攀越了。

当我一次次穷尽气力，登上高山之巅后，仰望苍穹鹰隼，俯瞰大地市井，任凭烈风奔涌而来……

作为一个布衣凡众，此时有一种主宰苍茫大地的错觉。虽然知道是如梦正酣，但这种感觉是惬意的、痛快的，也是享受的。

登山于我来说也是诗意的。我在春寒料峭登山后，创作了格律诗《七律·枯春登山随感》：

漠北春深暖意足，郊山萧瑟横枝枯。
草间忽见新芽绿，巅上独听稚鸟呼。
几月疫重疾苦遍，一朝缚菌惠风度。
人生无律须看淡，历过磨难亦是福。

夏日清晨攀登大青山后，陷入沉思，有感而发，创作了《七律·夏晨登高随感》：

鸡鸣曦射郊山峭，风动清凉碧水悠。

万重葱茏为写意，满坡碎艳欲头筹。

凭栏望远无心事，闲坐思维世间愁。

散淡不争庸碌伴，险中功利恶名收。

　　攀登高山，使我陶醉其间。我在高处体验自然之美，在高处思索人生，在高处流连忘返。

　　快哉！

风景里的莫高窟

七月，酷暑弥漫。

我们一行20多位同事从兰州火车站出发。火车咣当咣当地响了起来，大家心里都怀着一股莫名的激动，莫高窟是大家魂牵梦萦的地方。

翌日，天刚蒙蒙亮，我就从颠簸的睡眠里挣脱出来。坐在硬卧的边座上，从车窗向外看去，满眼都是沙黄，稀疏的骆驼草点缀其间，给大漠戈壁增添了几许生动。看着这单调的风景，听着列车铿锵的节奏声，我的思绪逐步映现出大漠阳关、嘉峪雄关、丝绸之路、河西走廊和鼓角争鸣的历史时空……

火车喘着粗气停下了，敦煌站到了。

走出车站，在车站广场翘首回望，看着古城门高高耸起，蓝色门楣上"敦煌"两个金色大字特别显眼。这是座现代仿古建筑，它虽然缺少斑驳和穿越历史的陈旧，但它也融入敦煌昨日和今朝的文明元素，它承载起让现代人与古老敦煌衔接的重任。

从敦煌市出发，向东南行进25公里，就是莫高窟了。莫高窟已经盛名在外，我们乘大巴车前往，路上看到车流不断。莽莽苍苍、人迹罕至的大漠戈壁，因莫高窟变得人影憧憧，每年都有上百万中外游客慕名而来。

我对莫高窟的了解也有些年头了。倒不是来实地拜谒过，影影绰绰记得那是在上历史课时了解到的。后来又看过余秋雨先生的文化散文集《文化苦旅》，对莫高窟的起源和文化背景有了大致的了解。20世纪90年代中期，余先生的散文很风靡。作为一个文学青年，我对余先生的作品达到痴迷的程度，每一篇文章都要逐字逐句去阅读、去品味。特别是余先生写的《道士塔》中，写王道士恭送外国车队运走经卷的句子，我至今依然记得清晰："……他依依惜别，感谢司大人（讳代诺）、贝大人（讳希和）的'布施'。车队已经驶远，他还站在路口。沙漠上，两道深深的车辙。"

余先生的那些文字是静美的，但是我分明感到一个中国文人的屈辱、无奈、悲哀和痛心。

来到莫高窟，最先映入眼帘的是造型独特的道士塔。

塔为土塔，方形砖包塔基，主题为一座宝瓶，土坯砌成，外有草泥防护，塔刹为三级葫芦形烧制而成。墓塔坐北面南，正面镶一木制墓志铭。该墓志铭为木刻阴刻，碑首中间篆刻"功垂百世"四个大字，两边各刻一条盘龙，文字四周一圈回文图案。仔细阅读，才知道是王圆箓道士的墓塔。王道士是莫高窟的罪人，这座于1931年建造的墓塔，在这里是一道刺眼的风景。但作为文物，墓塔的存在警示我们不要忘记那场文化劫难之痛。接连，我又看到数座土塔。当地朋友告诉我，这些土塔是莫高窟历代僧人所建，有高僧舍利塔，有给养功德塔，也有道士塔，一些土塔早已被漠风摧坏，处处可见土塔的残迹；更多的土塔早已被岁月湮没，消亡在时间的隧道里。

继续前行，篷天大树中，一座巍峨的门楼映入眼帘。门楼的门楣上书写着"石室宝藏"4个遒劲飘逸的大字。穿越长长的甬道和林带，只见鸣沙山南北铺陈在眼前，9层楼端坐在鸣沙山中央。这座依崖而建的9层楼，据资料记载，始建于晚唐，之后重修。尽管楼体工艺粗糙，但攒尖高耸，槽牙错落，铁马叮咚，成了莫高窟标志性建筑。站在直插云端的9层楼前左右环顾，看到大大小小数不清的窟窟布满陡立的崖体，窟外窟檐、栈道镶在崖上，形成了特有的建筑方式。导游告诉我们，南窟区全长1600多米，现存窟窟462个，窟内有壁画45000多平方米，彩塑3000多身，唐宋木构窟檐5座。这些经历了北凉、北魏、西魏、北周、隋、唐、五代、宋、回鹘、西夏、元等的窟窟，不知寄托了多少佛家信念和情思，熬尽了多少匠人的心血和生命。从乐僔和尚第一次在这里开凿，那开凿山体的锤斧敲击声，时轻时重、时急时缓、时紧时慢，在鸣沙山回响了千余年，竟敲出了莫高窟的文明奇迹。

行走在一个又一个窟窟里，聆听着导游的讲解，我陶醉其间。中心佛坛窟、大像窟、涅槃窟等窟窟，都是以彩塑为主体，四壁和窟顶均是彩绘壁画，佛像造型栩栩如生，彩绘更是达到艺术极致，这些带给我们的艺术震撼是前所未有的。西方净土变、弥勒经变、伎乐飞天、山水画等壁画，鲜活的场景，缤纷的色彩，美轮美奂的构图，历代的丹青高手在这里展开无声的较量，不同时代的绘画艺术在这里融汇。我目不转睛地吸吮着这些艺术养料，欣赏着艺术盛宴。

时间过得很快，藏经洞参观就要结束了。我问导游："为什么叫莫高窟？"导游说："目前有3种说法，一是古代敦煌地名中有'莫高乡'，鸣沙山称作'漠高山'，莫高窟是由'莫高乡'和'漠高山'演变而来的；二是莫高窟修建在鸣沙山的崖壁上，鸣沙山比周围的地形高，沙漠的'漠'与莫高窟的'莫'在古汉语中相通，在沙漠高处开凿的石窟，所以叫'莫高窟'；三是在莫高窟开窑最早的乐僔和尚，道行高超，身边的和尚道行都'莫高于此僧'，故为纪念创窑人而称'莫高窟'。"我说："连一个名字都解释得天花乱坠，不愧是飞天身边的人。"竟逗得导游掩嘴而笑。

作为一个过客，我看到莫高窟被风侵蚀了的岁月，感受到莫高窟曾经的喧嚣和辉煌。然而，我和很多人一样，没有更多地读懂莫高窟，她的包容、她的博大、她的丰富，就连在这里生活了一辈子的专家学者，也知之甚少，很多疑惑像谜一样怀揣在他们心里，久久不能释怀。

但是，无论如何，莫高窟作为中华民族一道厚重的文化风景，让我们这些华夏子孙感到深深的自豪。

莫高窟是历史文化的显现，更是中华民族的一种文明记忆。

春谒黄山

不曾记得，还有哪个是自己秉持几十年的执念。

这次得闲暇，我便毫不犹疑地定下了到黄山的行程。即使没有直达的交通工具，辗转而行，只为圆拜会黄山的夙愿。

对于黄山的印象，应该是从小时候看老家墙上贴的年画开始的。那幅画是中国山水，画面上峰峦叠嶂，山势陡峭连绵，一棵松树立根山岩之中，苍劲横空向远。现在想起来，感到画风遒劲，笔墨老道娴熟，落款题字为"黄山迎客松"。记不清究竟是谁的作品，只是自此内心多了一个奢望。

岁至两鬓霜染，踏上黄山的古老石阶，内心是激动和亢奋的。想想，明朝旅行家徐霞客登临黄山时赞叹："薄海内外之名山，无如徽之黄山。登黄山，天下无山，观止矣！"世人也在品鉴黄山之后形成共识："五岳归来不看山，黄山归来不看岳。"黄山的魅力由此可见一斑。

是日，是个难得的晴天。我随团乘坐大巴车向黄山进发了。汽车驶到黄山脚下，看到路两旁竹林密布，葱郁而高大，一种幽静的感觉油然生发出来。山势陡峭，路也向高，汽车盘旋曲折，行驶数十公里来到玉屏峰索道站。

以前对黄山的印象是壮美的、风景式的。在索道仓里，随着斜直的锁线上升，被索道仓外磅礴的山势震撼了。进入眼帘的石体有不可想象的大，左右宽绰，上下千尺，几块竖琴状的巨石组成一堵硕大的山体。松树在山岩间，直耸挺立，一丛丛翠绿给黝黑色的岩石以蓬勃的活力。

步行攀爬需要两三个小时的山路，乘索道十来分钟就升到玉屏峰的次峰。放眼望去，石头台阶蜿蜒曲折，延伸向玉屏顶峰。石板、扶栏都是由黄山上的青黑色石头搭建的。经过岁月的打磨，有的光滑，有的斑驳，有的苔藓阴森，行走其间，感受到岁月的分量、时光的久远。

攀爬到玉屏峰主峰，眼界豁然开朗。前方的山峰次第渐低，辽远无尽。后方是玉屏峰峰尖，刀削般的石壁上刻满了历代名人的书法墨宝：朱德的书法"风景如画"，流利轻巧，足见功底；还有"一览众山小""观止"等古老的题字壁刻，更让玉屏峰增添了许多人文格调。

其实，玉屏峰的灵魂还不是那些题字壁刻，在玉屏楼左侧巨岩的缝隙间，一棵粗壮的青翠老松，虬枝呈"Y"字形，一枝向上挺拔，一枝向外横斜，像张开的双臂，欢迎登临黄山的来客。它就是黄山的另一个著名标签——迎客松。

这棵老松树伫立在玉屏峰上。它经历了流光荏苒，享受了春花秋月，见识了四季更迭，阅历过帝王、商贾和草民，见证了时代变迁。它像个睿智而又沉默的老神仙，飘逸、神秘和睿智。这棵老松树浓缩了黄山的热忱、包容和豁达，也因此成了人们崇拜的精神图腾。

玉屏峰上景点颇多，有陪客松、送客松和文殊台，印象最深的还有"玉屏卧佛"，巨石横卧，形似卧佛，头左脚右，酣然入梦，哪管日月的变幻和世事的喧嚣。

"黄山四千仞，三十二莲峰。"这是李白对黄山重峦叠嶂的描述。作为一个浅度游者，没有机会走遍黄山的角角落落，只能按线路行走。沿莲梗向北拾级而上，石阶顺山势盘旋，一步一险，不敢稍有大意。穿过一个人工凿通的石洞，伫立在观景台上，只见层峦叠嶂，悬崖峭壁，危峰兀立，松影妙曼，就连黄山杜鹃也在石缝间惊艳绽放，真是在享受视觉的盛宴。

再弓身攀爬二三里，山路延伸至一座高峰前，顺山势仰望，山体陡峭如墙，几个山锥形似莲瓣，应该就是声名远扬的莲花峰了。此刻，莲花峰雾烟氤氲，环周缭绕。莲花峰石莲端挺，静谧优雅，禅意弥漫。莲花峰形象雅致，海拔1864.8米，独占黄山三十六大峰、三十六小峰高度的头筹。

从峰底通向峰顶的石阶，就像斜树的天梯。攀登了几十个石级，便气喘急促，双腿沉重，汗水浸衣。爬一会儿，停歇一会儿，到次峰经过一段缓冲地带，穿过峰罅绕上莲花峰之顶。

峰顶不大，方圆一丈余，有石条围栏，中间却是石凹形状，取名"香砂井"。此时，目及四周，一览无遗，那种登临绝顶的感觉是难以名状的。虽然峰顶人头攒动，拥挤不堪，但我没有急于离开。在峰顶一侧的瞭望石台上，我坐在石台上，闭目凝神。内心却在了然思忖，天地之间，神奇造物，鬼斧神工，在大自然面前，人是卑微、渺小和无能的。

天都峰休游5年，恢复生态。这次黄山之行，我们无缘攀登天都峰了。导游给我们讲了天都峰的传奇。天都峰位于玉屏峰南，峰峦奇险，无阶可攀。多少年，不知多少匠人披荆斩棘，用铁锤、钢钎凿石开路，硬是在悬崖峭壁上开通了通往天都峰的险路。峰顶镌刻"登峰造极"四个大字，感叹空间高度，也纪念人造天工、创造奇迹的伟力。如今，世人圆了攀登天都峰的梦，"海到尽处天是岸，山登绝顶我为峰"，攀登天都峰的美好意境都在诗句里了。

虽然有些疲惫，但是沿途的景色优美，就无心怠慢。攀一线天，穿鳌鱼洞，谒飞来石，观炼丹药臼，最后到达光明顶，正是夕阳欲落时。人们都说黄山日出最美，却不知道，黄山的日落也是大美的。红轮低悬，起伏山峦，暝色染尽，松林剪影如伞，人们簇拥着拍照留影，夕阳倏然沉落。

夜晚下塌白鹅峰。坐落在峰顶的白鹅大酒店，是一座徽派建筑，白墙、黛瓦、翘檐。在夜色和松林掩映下，酒店神秘、幽静，真是人间栖息的绝好处。进入酒店房间，凭窗远望，骏黑、起伏的山峦，远去的石阶，山壑的浓翠，看得有些陶醉了。

午夜时分，睡梦正酣。忽然被一阵声响惊醒了。细听，是滴滴答答的雨滴声，还有松涛呼啸的沉吟声。黄山夜雨，睡意皆无，想着一天的游历，不禁构想了一首诗《七律·辛丑年春日游黄山》，抒发自己的感受：

仲春南下了陈愿，半百无不慕此山。
千岁客松虬横盛，沧桑雄石秀峰绵。
古阶迤逦难穷尽，云雾浮空拽缮攀。
浊汗浸衣文物胜，白发双鬓览游欢。

东方渐白，雾锁黄山，到北海看日出成了奢想，只能改道走始信峰了。走出酒店，小雨淅沥，挂着爬山拐杖，在湿漉漉的石路上行走。黄山素有"前山险，后山秀"之说。后山的秀，秀峰林立，秀景遍布，秀松频见。但是，后山的秀，灵魂依然是黄山松——麒麟松、竖琴松、黑虎松、连理松、探海松、龙爪松……这些千年古松屹立在高山峭壁间，演绎着自己独特的故事。

来过一趟黄山，我有不少感悟。大自然是人类的滋养娘胎，人类的生息无不来自自然的启悟和造化。

黄山，带给我的不仅仅是游历，更是无尽的思考。

田坝上的苗家

秋意渐浓，我便有了一次令人羡慕的贵州之行。

飞机在高空中箭一般穿行。舷窗外，白色云朵低垂，或卷或舒，飘满天际。云层之上，海蓝色恣意铺陈，把高处挥染成蓝色空间。蓝白相间的天上，形成一幅大自然的神奇景象，让人为之惊叹。收回视角，心里边又倏然滋生出些许激动。这次能到西江看看，了却我多年想到苗寨走走的心愿。

初识贵阳，大概是山地金贵的缘故吧，只见高楼傍依紧凑，栉比相邻，给人一种沉闷的印象。然而，贵阳的气候绝佳，却是未来过这里的人想象不到的。初秋时节，在北方还是闷热难耐的气候时，这里却凉风送爽，让人舒适快意，难怪贵阳人自豪地称这座城市是"避暑之城"。午夜里，行走在城市的街道上，看到人流如织，店铺灯火通亮，烧烤街烟火缭绕，真是一座不夜的山城。

我的心没有在这里沉浸，却急不可耐地想要到那个神奇的地方。天刚蒙蒙亮，我就被酒店的电话铃声叫醒了。到黔东南方向的西江千户苗寨，有近

300公里的路程，得提前出发。坐在旅游公司的大巴车上，整个人还挟裹着沉沉的睡意，车就从贵阳出发了。窗外，隐约看到山地连绵，梯田错落，农夫耕作，犹如进入意象泼墨的空间。

我无暇流连车窗外的风景，思绪在恍惚间已经穿过遥远的历史时空，去追寻一个民族先前的履痕——蚩尤与黄帝之争败落后，九黎部落联盟土崩瓦解，其中一支苗人从古江淮荆州向西江迁徙，路途是何等的艰苦和漫长。假想，他们走的是逃生之路，也是一次关于救赎生命的历险。逃离的队伍不敢沿途疾步，不敢沿江（长江）行走，一头扎进深山，淹没在密密麻麻的丛林中。他们爬峭壁，越深壑，过天险，翻过许许多多山脉。他们逃离在山林之中，承受电闪雷鸣，大雨倾盆，寒风瑟瑟，冷意入骨……没有家园的生命是那样的轻贱，也许许多老人和孩子在逶迤、难熬的路途上，被惊慌、饥饿和病魔夺去了渴望延续的生命。日出日落，他们不知走了多长时间，也不知丢掉了多少同族，终于停在了遥远的西江。他们习惯性地回望，没有看到追杀的敌人，终于远离了残暴和杀戮。此刻，雷公山的山林静悄悄的，微风摇曳着枫树叶，沟壑里的水流声像一首动听的歌谣，滋润着这些逃亡他乡的苗人的心灵。冥冥之中，他们感到这里就是他们要寻找的家园，由此，也就开始了在西江雷公山深处半坡上的农耕文化。后来，苗人的迁徙就没有停止过，有史料记载的就有5次大的迁徙。对于这个民族来讲，迁徙就是希望。他们在迁徙中磨砺，在迁徙中成长，在迁徙中壮大。苗族的发展充满艰辛，同时也是一部英雄史诗。

车过凯里市，离西江千户苗寨只剩下30多公里的路程了。

导游告诉我们，西江大意是"西氏苗族居住的田坝"。西江苗族身居雷公山麓，是黔东南苗族即中部苗族的重要组成部分。这里的男女过去穿长裙、包头巾头帕，颜色都是黑色的，故称"黑苗"，也称"长裙苗"。这个苗寨由羊排、也东、平寨、南贵等村落和10多个自然寨子互联成片，有苗户上千个之多，西江千户苗寨的名字由此而来。

烈日当空，汽车终于驶进目的地。

走下车，随人流前行，看到不远处有一个高高耸立的3层干栏式寨门。整个门楼高大、巍峨，3层楼顶均是青瓦覆盖，两端檐角飞弧，形似牛角冲天，门楣上题有金色行楷大字"西江千户苗寨"。门里右侧站着两排身穿盛装的苗家姑娘，亭亭而立，面含微笑。当客人经过身旁时，她们便把牛角酒杯敬上，请客人喝上一口米酒，以尽欢迎之情。左侧站着十来位手持芦笙的男子，齐声吹奏着欢快的迎宾曲，让我们感到苗乡的热情和喧闹。继而，看到街道的两旁站着近百个身穿苗族服饰的老妪，她们表情木然地观望着远方的来客，显示着岁月给她们带来的沉静。

穿过寨门，看到源于雷公山的白水河水从千户苗寨中间蜿蜒曲折而去，那潺潺流水给这座苗寨增添了许多灵动。河边，梯田拾级盘踞，仿佛水中荡出的圈圈涟漪。一座座吊脚楼在山坡上顺势而建，错落有致地布满了山体。枫树随风舞动，稠密的绿意点缀山寨。蓝色烟雾从苗家的烟囱里袅袅升起，给这座古老的山寨增添了几许生动。登上高处俯瞰山寨，看到丛山叠岭，森林苍茫，流水潺潺，几座桥楼跨河而架，相连成片的吊脚楼氤氲在雾岚之中，疑是走进了田园画卷。

从高处归来，径直走进坐落在山寨中央的芦笙场。一场苗族歌舞要上演了。西江苗族堪称"歌的海洋，舞的故乡"，人人能歌善舞。赶上苗族人看重的"起活路""开秧节""吃新节""鼓藏节"等仪式和节日，他们都要用歌舞来诠释心中的喜悦。演出开始了，苗族姑娘穿着绚丽多彩的服装，戴着精巧夺目的银饰。少男少女们唱起祝福歌、嘎别福歌、酒歌、情歌、飞歌，跳起了芦笙舞、铜鼓舞、板凳舞和烟杆舞。芦笙场上时而歌声嘹亮，时而舞姿婀娜，时而芦笙齐鸣，时而铜鼓雷动……来客们陶醉在精彩的表演里，掌声自然此起彼伏。

太阳西斜，令人期待的长桌午宴要开始了。我们围坐在近百米长的木桌旁，看苗家姑娘把一道道苗族菜肴端上来。糯米面肉、鸡稀饭、酸鱼汤、拌辣子鱼、山野菜……摆满了长桌。此刻，我们已经饥肠辘辘，急不可耐地拿起筷子把苗家佳肴夹在嘴里，一场饕餮大餐拉开序幕。这期间，苗族歌手捧着酒杯，和着芦笙的乐曲声，唱着苗家的敬酒歌，挨个给客人敬上醇香的米酒。我接过苗家姑娘捧上的一杯米酒，尽显男人的豪爽，一饮而尽。顷刻间，酒香便在肚子里弥漫。

吃完长桌宴，离导游约定的返程时间还有间隙。我们随行几个人，随意走进一户苗家吊脚楼。看到这座吊脚楼呈干栏式，由杉木搭建而成。走进吊脚楼，第一层是家畜家禽居所；随木质楼梯拾级而上，第二层是人的居所，中间的房屋是客厅和祭祀场所，两边为居住房间；三楼是储存粮食的粮仓。屋前是一处亭式空间，檐柱上装有花曲栏杆，俗称"美人靠"，专供苗家人休息和远眺。留心吊脚楼的工艺，整个建筑结构严谨，木匠用了长方形、三角形、菱形等多重结构组合，柱柱相连、枋枋相接、梁梁相扣、榫卯衔接，构成三维空间的网络体系，具有高深的力学原理。从远处望去，一座吊脚楼就堪称一件美轮美奂的艺术品。建筑学家梁思成说："建筑是人类一切造型创造中最庞大、最复杂，也是最耐久的一类，所以它所代表的民族思想和艺术，更显著、更多面，也更重要。"西江吊脚楼同样体现了苗族人对生态环境、民族历史、民族心理、宗教信仰与社会生活的理解，这对于研究苗族的历史文化具有重要的学术价值。

如今，徜徉在苗寨的繁华街道上，满眼都是商家店铺。银器是苗寨的特色产品，银器店一家挨着一家。银器做工精巧讲究，品种琳琅满目。一些手巧的店主在店里现场制作银器，引得许多顾客因好奇而驻足。还有药店、饭店、咖啡厅、茶馆等商业店铺。街道边上，地摊也望不到尽头。以往世世代代沉浸在农耕文化里的苗家人，如今也融进繁荣的市场，在现代经济生活中扮演着商家的角色。

坝田上已经没有了早先的宁静……

乌拉盖散记

秋意渐浓，我有幸来到乌拉盖草原。

掐指一算，上一次来这里已经是20多年前的事情了。我那会儿是部队的新闻干事，热衷写一些生态问题的内参，于是就带着问题来到中蒙边境乌拉盖采写草原。后来，我写的内参在国家林业部门主管的行业报纸内参刊发，引起决策者的重视，算是一次有意义的草原之旅。

光阴荏苒，时空便在20年前后交替。此行之前，我还特意从家里的影集里找到当时的留影——茫茫草原上，我穿着一身迷彩服，左侧背着尼康相机，右手放在裤兜里，站在过膝的草野里，一幅忧思、沉重的样子。20年弹指一挥间，我的双鬓被时间打上了霜雪的烙印。

乌拉盖草原，地处锡林郭勒盟、兴安盟、通辽市交界地带，被誉为"天边草原"。这片草原因电影《狼图腾》声名鹊起，引得来者络绎不绝。我们一行来到乌拉盖草原，走的是边防公路。边防公路是清一色的沙石路，西边是蒙古国，东边是内蒙古。从阿巴嘎旗出发，几百公里路程，起起伏伏，弯弯曲曲，颠簸得厉害。停车驻足，边境的铁网、界碑和哨所，尽收眼底。在这里，我们能强烈感受到家国情怀，感受到保家卫国士兵的骄傲，感受到每一寸土地的神圣。

傍晚，我们一行来到乌拉盖草原深处，眼前呈现出一幅自然的盛大画卷——

渐渐发黄的野草，随着山岭逶迤向远，与天际浑然交汇，融为一体。白云像硕大的棉絮，静静悬挂在蓝色的天空中，落在镜子一样平静的湖面上，像画笔下的风景大写意。蒙古包在夕阳暝色中拉出斜影，加上炊烟袅袅的飘动，犹如银幕上的动漫画影。羊、牛和马群，或者在草地上悠闲漫步，或者在咀嚼秋天筋道的草叶，或者卧在草丛里眺望远方。灵动的百灵鸟，成群结队，翻飞雀跃，浅吟低唱，展现出清脆、优美的声音。小松鼠在草丛间奔跑如飞，自由出没，瞬间便不见踪影。狐狸也站在远处，看着我们这些不速之客。鹰隼舒展长翅，在天地间自在腾落，展示它桀骜不驯的风骨。狼的嘶鸣声隐隐约约传来。这片草原经常有狼出没，夜里潜进羊圈咬死羊群之事时有发生……草原的神奇，大自然的美好，一股脑儿地涌进眼里，涌入耳畔。身临其境的人，不免陶醉、不免感叹。

作为在城里生活了许久的人，长久面对高楼大厦，面对汽车如流，面对行色匆匆的人，面对生存的压力，常常会不经意间发出一声叹息。在"围城"里，压抑着、挣扎着、困顿着、悲愤着。谁不像陀螺一样，从早到晚，从家到单位，日复一日，月复一月，庸碌无常，无休无止。

走出城市，成为在城市中生活的人的一种急迫的向往。孑然一身也好，与亲近的人也好，站在原野，站在山岑，站在水湄，站在一隅，远离喧嚣熙攘，不再被功利煎熬，让柔风拥抱疲惫的身心，让舒缓、清新的自然浸淫肉体。此刻，还有何求？

夜色渐浓，星斗布满穹顶，半月也明亮生辉。一缕缕肉香从蒙古包溢出，我的肚子也很应景，开始咕咕作响。在蒙古包落座，长条桌上摆满了佳肴，长方的木盘里装着小山一样的、热气腾腾的手把肉，还有血肠、肉肠和羊肚；旁边木盏里盛着醇香的奶茶、奶油、奶皮、奶酪和油炸果条，让人眼花缭乱。当然，美酒自然是少不得的。酒斟满了，人们端起酒杯，说起生硬但热情洋溢的欢迎词。一杯酒下肚，满喉炙热滚动而下，肠胃瞬间被点燃了。大口吃肉，大口喝酒，奶茶也一碗接着一碗。酒杯交错，祝福弥漫，歌也唱起来了："酒喝干再斟满，今夜不醉不还……"

真是一个难忘的夜晚！

翌日，我们驱车几十公里来到哈拉盖图农牧场。那里如今已经被命名为"知青小镇"，因为农场是由知识青年参加的建设兵团转制而来，有强烈的"兵团痕迹"——农牧场的高大门楼上红旗招展，门楣上硕大的五角星格外瞩目，门楼两边有硕大的水泥红字"屯垦戍边，建设边疆"，进入场部院子，看到大礼堂、营房、大标语和解放牌汽车……仿佛回到20世纪70年代。农牧场书记卫文川和我们说起许多兵团往事。他是老兵团的后代，说起那些曾经的历史，有情怀，有温度，有深度。随着他的讲解，我们眼前浮现出千万个从大城市来到边疆的知识青年挖地窖子、筑干打垒、啃窝头、吃冰雪、奉献青春的一个个镜头。

如今，那些鲜活的故事都已经随岁月远去，农牧场的红色纪念馆里的一幅幅图画，留住了青春，留住了历史，留住了那段光辉的岁月。

这个秋天，在乌拉盖草原感受到博大和包容，感受到自然万物有序，感受到地域辽远苍茫。

何时再能去乌拉盖草原？不得而知，以我的一首笨拙的格律诗《草原秋月观感》作为念想和期盼吧。

新时纵入爽风临，秋月渐浓冷雨频。

枯叶飘零出感叹，黄尖斜倒唱悲音。

莽原去路伸弯曲，天水游波映朵云。

夕色勒车奔马快，毡房裹雾牧归人。

秋岭琐记

城市里，紧密的高楼大厦陈列在人们的视野里。

人们望着顽固、冰冷的水泥森林，感受着从楼宇间喷射出来的金色暖意，一种憋闷的感觉在心头萦绕。城里人喜欢去郊野漫步，喜欢去深山观流，让憋闷的内心撒个野。

在城市里朝夕度日，忙碌而又琐碎，日复一日，只有一声叹息。人很多时候是无奈的，谁也不能幸免。

但是，生活里也有不少幸运的事。几年前，我走出户外，不经意间与一座新公园相遇了。

这座公园距我家不远，也是城市扩张后的新地标。秋岭公园并不大，面积也就一平方公里多。不知何故起名曰"秋岭公园"，但一个"岭"字，便让人浮想联翩。

因何故取名"秋岭公园"？很多时候，走在其间不由恍惚——春天残雪遍布，春草微茵；夏天百鸟弹舌，百花齐放；冬天朔风扑面，松虬横雪。特别是秋岭公园的秋天，秋草霜露，红叶满坡，白桦袅婷，松虬曳风……

我倏然顿悟，这座小岭名曰 "秋岭公园"，定是模仿大兴安岭的地貌和植物物种来建造的。我年轻时曾经多次穿越大兴安岭，自然对身边这座生态"小岭"倍感亲切。自然，稍有闲暇，便在公园里流连忘返了。

秋岭公园的方位属于青城城南，西北向有高架立交桥呈"厂"字形伸向远方。立交桥上、桥下常年川流不息，给幽静的公园增添十足的动感；东南向都被高耸的独栋楼宇包围，成为喧嚣的水泥森林之间的一方"净土"。

公园中央有一座凸起的土岭，至高也就三四十米，是建造楼宇时挖出来的土方堆积起来的。岭上有"A"字形高大木架门楣，门楣上挂有一块三四米长的松木板，上书黑体行楷大字"岭上人家"。沿木级向上，右侧是一座独木亭，亭子被周边挺拔的大树所围拢；向左拾级，是一座东西朝向的、宽大的木刻楞房子，房子前沿顺势架起木式棚廊，站在廊里向西半岭放眼望去，满目都是郁郁葱葱的绿意。

穿过木廊向北，便是秋岭公园的经典地标——双座亭。两座亭子掩映在林木花丛间，似一对情侣，并肩依偎。亭子的圆形尖顶是用桦木杆拼列拱起的，下面有6根粗大的松木柱子托顶，亭腰设有环形"美人靠"，可坐、可依、可靠，也可以凭栏沉思远望，是人们寻静探幽的绝佳去处。

秋岭公园岭上有"8"字形步道，与岭下环形彩色自行车赛道衔接，自行车赛道镶嵌着如意形步道，岭上岭下几个环道环环相扣，彼此兼容相通，让人随意择道闲步。最有特色的要数这些环路，色彩斑斓，有的路段还描上了云图，不仅让路面有色彩铺陈，而且极具艺术渲染，给人以视觉享受。公园北端的曲径旁，布下大小不等十来个马鞍，形成了错落有致的马鞍阵，很容易让人联想到万马奔腾的宏大场景。环形路边还修建了现代风格的亭伞、凉棚、木艺和供幼儿玩乐的字母台和沙坑，涵盖了各个年龄段人的喜好。

深入其间，在自然和人文景观中，惬意徜徉。秋岭公园的大多数时间都是人影幢幢，健走的、跑步的、骑行的、溜娃的，从来不缺激情和律动。

秋岭公园环形路外有几处广场，成了大妈们的"舞林胜地"。大妈们怀揣各门派舞技，闻鸡鸣起舞，披星月扭动。只要音乐响起，民族舞、现代舞、广场舞此起彼伏，让秋岭公园刹那间喧闹起来，引得人们或停观，或随舞，心情不觉愉悦起来。

我算是公园的"常客"。一般是东方天际刚刚泛白，就在公园的跑道上开始长跑了。天色渐亮，公园里便多了健走的、长跑的，每个环形路上都有奔流人影。公园顿时被热气腾腾的气氛感染了。

秋岭公园也是我的浪漫之地。在四季更迭中，我总是在公园的曲径上思索人生，让思想在闲步中发酵、氤氲。这种思想有美好的，有享受的，有感喟的，也有茫然的。每有这样的念想，旋即便用手机记录下来。

春天来了，我琢磨出一首诗《春日随录（新韵）》：

晴日穿枯树，春风漫老城。

残白知趣隐，坚冻玉脂融。

曲径舌鸣脆，亭台剪影清。

暖苏惊万物，初月待花红。

是夜，我孑然散步，春雨来了，随即写下《春夜落雨》：

春夜雨绵云雾绕，石甬水浅拽波生。

草芽忽见惊萧默，芳华倏然醉暖风。

夏花弥香，我在娇艳的花丛边徘徊，悠然写下《丁香花》：

情客初出枝间俏，青城街巷暗香弥。

万千宠爱为翘楚，一朵芬芳惹众集。

细雨轻敲声响和，煦风微曳舞姿丽。

绽开数月皆霓色，落瓣无音空叹息。

夏雨绵绵，我的肌肤被细丝斜打，便有感而发，《己亥夏至雨后傍晚在常跑步的秋岭公园散步所录》跃然眼前：

雨后秋园玉翠深，夕穿双座影斜陈。

心浮气躁踏曲径，岭上阴凉触往人。

一首意犹未尽，又写了《雨后即景》：

夏夜疑滴梦，曦晨却润风。

新生葱郁密，姣朵万般情。

曲径通闲客，柔波曳劲松。

双亭齐并好，偶燕列天行。

秋月高悬，故乡远隔千重山水，一种悲悯情怀不禁涌上心头。我在《初秋夜录》中表达了这种情绪：

半挂初高舟雾重，夜穹辉照泰风凝。

园甬不见闲人攒，秋岭暇接万户灯。

浮想故经惊笑意，沉思未赴扰胸情。

去年此刻依然近，恍惑才知岁月匆。

人们总是悲秋，可能是对葱绿的、自然的生命叹息。又逢秋雨，冷意萧条，更加重了悲凉的情绪。我在《秋夜雨录》中展露了这种情绪：

秋夜滴斜密紧催，暑消草木盛荫蕤。

稀疏落叶酌年月，苍远脚痕品苦累。

常念诗书沉醉绕，偶捉毛笔凤龙挥。

纵然头发渐霜重，不慕喧嚣享静晖。

秋雨连绵，拂晓在公园锻炼被雨堵在亭子里，听着雨声，诗情禁不住喷涌而出，由此写下《秋岭听秋雨》：

缱绻西风晓雨袭，寂萧翠岭落声急。

晶莹满横犹垂下，高上双亭并相依。

石甬水低云影缓，草丛斜跨只花霓。

年轮老旧疏忽间，秋色几迭暮意及。

冬日傍晚，望着漫卷的雪花覆盖黄草枯枝，又想家父已经入土为安，含泪吟出《傍晚观雪》：

银粒飘飞万物苏，灯辉斜下干枝浮。
谁人漫步空为远，独自踏声只影孤。
哀绪萦回无可解，常思往事易失度。
地天千里相逢难，静夜南柯泪涌出。

一年四季，岁岁年年，时光匆遽，一晃几年过去了。我把灵魂和肉体都寄托在一座叫"秋岭公园"的地方。

这座园子不仅仅是我的悠闲去处，更是我的"精神家园"。

故乡余味

Guxiang yuwei

遥远的村落

客居塞外30多年了。

对老家的认知，就是亲人在那里，经常回去看看。偶尔翻书，看到余光中先生的《乡愁》，读着他那些揪心的句子，老家那座古老的村落——长巷营，就影影绰绰浮现在眼前，内心也会滋长出几分惆怅。

我家的村子在邯郸城东南30公里处，明朝以前系裴姓将军的营地，也是漳滏故道、古邺城京畿之地。明洪武年间，随着山西洪洞县众多迁民进入，形成一条长而窄的街道，称为"长巷营"，也叫"裴营子"。

村子在千年历史轮回中传承，一些古老文化气息依然在这片村落里萦绕。村子按照城建模式，外方内长，外围有不到4公里的"口"字形护村路，村内有主辅街道，呈三纵三横分布，村中央有聚众空闲场地。村西有座小庙，村中间有座关公庙。几棵树龄为百十多年的古树，依然枝叶蓬勃参天。我们偶尔也能看到几处蓝砖拱门、白灰糊缝的老房子，一派残垣断壁景象，被葳蕤的野草掩映着。

村里人面朝黄土，行走纵横阡陌里。繁衍生息、躬身耕作、烟火嘈杂，张嘴就是一股子河南豫剧味道。全村不过二三百户人家，姓刘的、姓常的和姓韩的居多。至今没听说过村里出过博士，硕士倒是有过。像我的父辈们，许多都是一辈子面朝黄土，用他们的话说就是："俺没有文化，斗大的字不识几个。"其实，他们说自己没文化是概念的误区。我理解，文化的概念应该更多的是人文意味，可以包容衣、冠、文、物、食、住、行等多个方面。照这样说，村里更多的人只是知识掌握得不多而已。想起过往，村里的老辈人无论有没有知识，为人处事都是照老规矩，也就是忠实按照"文化传承"来遵循的。比如，教子，从小耳边听到的大多是要孩子出人头地、光宗耀祖；比如，"远亲不如近邻"是亲邻相处之道；再比如，红白喜事和年节的许多规矩和礼仪……我理解，这些都是在践行传统文化。

　　当然，我在村子里生活了十几年，对村子里的往事，在记忆里如电影一样，不时就会有一些片段影影绰绰出现。冬日里，庄稼人就清闲了，村里便热闹起来。遇到红白喜事，办事的头天后晌就把大喇叭拴在电线杆子上，放河南豫剧，音量大的全村人都能听到，大家也不嫌吵，就是图个闹腾。还有的放露天电影的、演戏的、吹响器的、说书的、耍皮影戏的。说起看戏，这个中原小村庄的人，可谓"见多识广"，除爱看豫剧、曲剧、平调、怀调、京剧、四股弦等十余种戏种外，最喜欢的要数本地的戏种——成安坠子戏。坠子戏是当地非物质文化遗产小剧种，剧团大多由家庭组成，有的也聘请外援，演员不多，都是一身数职，开戏后都忙得不亦乐乎。坠子戏既保持了传统语言，又吸收了民间的口语，听起来高亢、粗犷、质朴，具有浓郁的本土气息。我看过的《大破孟州》《金球记》《包公案》等戏目，至今还在眼前映现。另外一个印象深刻的，就是看皮影戏。那时候也不懂皮影戏的流派，就是看热闹，后来读《成安县志》才知道，我国皮影戏分布广泛，遍及大江南北。宋代以后，以成安皮影戏为代表的冀南皮影，成为河北皮影的两大流派之一。那时候，只要有演皮影戏的来村里，到了掌灯时分，大家就匆匆来到村里的剧场。锣鼓响起，四股弦或淮调唱响，《西游记》《封神榜》《劈山救母》《杨家将》《燕英买母》等让人流连忘返。

虽然生活在村庄里，但村里人也讲究文武兼修。有不少青壮汉子，不咋爱看热闹，一有空闲就练长洪拳，武术文化氛围也很浓厚。长洪拳是当地传承的一个古老拳种，以拳术为主。它区别于洪拳，但又兼容洪拳的特性。除徒手拳外，它还使用一些武器，如单刀、双刀、单鞭、双鞭、九节鞭、双拐、双钩、绳镖等。我自小崇尚英雄好汉，想跟着学拳，因年龄小未能如愿，弄得我很失落。无奈，我不顾冬日寒冷，趴在窗户上偷看他们练拳习武。只见他们时而健步如飞，迅猛流畅；时而挥鞭弄刀，飞镖舞钩。看得我口咽涎水，即使手脚冻得生疼，也不愿意离去。

少年时，我对外边的世界充满好奇，也就有了几次到外边看"景"的经历。去的最远的地方，是与同学骑自行车到30公里外的邯郸城看古丛台。记得接近丛台，一进南门便看到石阶上竖立着一块硕大的石碑，上面是现代著名历史学家郭沫若写的七律："邯郸市内赵丛台，秋日登临曙色开。照黛妆楼遗废迹，射骑胡服思雄才。"甬道右侧的台墙上还嵌有"滏流东渐，紫气西来"的古体大字。绕到北门看到迎门而立的又是一块斑驳的石碑，走近细看是清代乾隆皇帝的七律诗《登丛台》："传闻好事说丛台，胜日登临霁景开。丰岁人民多喜色，高楼赋咏写雄才。襟漳带沁真佳矣，雪洞天桥安在哉？烟树迷茫间井富，为筹元气善滋培。"看着那些红柱碧瓦，画栋雕梁，重檐兽角，还有武灵馆等景致，对我内心的震撼是可以想象的。

后来，我不甘待在村子里孤陋寡闻，陆续去了周边几个地方"长见识"。我来到成安县城，寻访寇准祠，了解了寇准青年时代在成安做知县的经历；我还西去磁县，参观了古磁州窑博物馆，看着白釉刻划花、珍珠地刻花、黑釉刻划花、宋三彩、红绿彩、清代褐彩等一件件古老的瓷器，与北方古磁州窑陶瓷重镇有了初次"遇见"；我也步行到几公里以外的临漳，听临漳多如牛毛的历史故事。临漳古时称邺城，是很多都城建设肇始地、西门豹投巫治水发生地、鬼谷子的出生地，也是铜雀台所在地。破釜沉舟、曹冲称象、七步成诗、文姬归汉等成语典故均出自临漳。杜牧也写下了千古诗词绝句"东风不与周郎便，铜雀春深锁二乔"……

　　长巷营，一个中原古村落。如今虽然它与我有千里之遥，但我无时无刻不在心里牵盼、默念。在村子里的琐碎记忆，就像我旅途的行囊，依附在我身上，与我一起度过喧嚣的岁月。

　　因此，我并不孤独。

磕 头

黑乎乎的天空，被多彩的礼花点燃，极尽绚烂。我站在夜幕一隅，想，又迈进年槛了。

出门在外，每遇过年的时候，我的双膝便有一种冲动。这种冲动，我知道它联系着冀南大地的那个村子，更具体地说，就是我们那个村子的一种古老而没被割舍的礼节。

以至于，我客居城市多年，逢年向别人拱手拜年或问候新年好时，总感到别别扭扭，远不如我们老家过年磕头的礼节来得实在和憨厚。

我十六七岁离开那个有过年磕头习惯的村子。我在前往部队的火车上曾思谋，到部队逢年过节给首长磕个头，显得挺懂事又挺实在。但到部队后，整齐划一的礼节和礼貌，未能使我的这个现在看来可笑的念头得以实现。我老觉着错过了一个表现机会而耿耿于怀。

在部队不忙于差事的时候，我经常闭目回想我们老家过年磕头那个被情谊填充的场面。大年初一，村里的青壮年和孩童们都早起五更，先给自己爷奶爹娘磕头，之后便组成一群又一群（一般都是自己亲近的人聚集在一起），串到三奶奶、二大爷、小叔、大婶等大辈分的家去磕头。一大群人吆五喝六拥进屋里，喊着："××，俺给您磕头了。"接着就听到做长辈的回话："来了就算磕了，甭磕了。""来了不磕还行？"众人说着扑腾扑腾跪了满地。磕完头，大人们一般要喝几杯主人摆在八仙桌上的酒，孩子们便接过糖果、花生等好吃的蜂拥而去。

每次回忆这场面，我就像回到了家，我的心胸顿时就会被家乡风俗的温情所占有，我想家的情绪便会弥漫开来。

在我当兵的第三个年头，部队批了我的探亲假，过年回家又可以给父母和村里辈分大的乡亲磕头了。我甚至想缩短距离，早点进入那扑腾扑腾的角色，但我说不清这出于什么动机和情感，反正那种滋味长久地萦绕在我的心里。

那个大年初一，我起五更，带着体验那种滋味的冲动，穿行于村巷的每一个该去磕头的长辈家里。我串了几十家后，我的双膝越来越疼，我就投机取巧地挑几家重要的磕完就跑回了家。突然间，我不知道自己怎么回事，对磕头有了一种抗拒心理，这可是我从会走路到从戎前年年磕头从未有过的心思。在家收头(迎接来我家磕头的人)的我爹得知我没串完关系较好的乡邻后，满脸铁青地说："轻易不回家，回来还不好好去磕头，让人说咱不懂事。"无奈，我就继续去磕头，直磕得让我爹那铁青的脸还回原色。

这一天，我磕头磕累了，竟对磕头这礼节产生坚决而强烈的动摇和厌烦。后来，我爹又催我到远近不同的这亲戚那亲戚家去磕头，我都当成一件头疼的事儿去了。这样一来，我对城里的拱手问候有了几分向往。是啊，那样该是多么轻松的事啊。

我结婚后，就带着新婚的妻回家过团圆年。虽然我受过磕头之苦，但我还必须按照我爹娘的意思，带妻挨家去磕头。妻被我强制性地带着串了几家后，私下向我发起了进攻："有古代大堂上给大老爷磕头的，有寺庙里拜佛拜神磕头的，唯独没见过你家这地方过年扑腾扑腾磕头拜年的，真是有意思极了。"但妻却经不住我强有力的思想工作，也可能为了给我长脸，就磕了一个又一个。临离开我家时，她说："我再也不回这爱磕头的地方过年了……"

　　许久没回老家过年了，每逢春节，我的双膝依然有那种被我讨厌过却又忘却不了的感觉，我想，是不是老家的魂儿生根在里面？

又闻布谷声

临近端午的一个清晨，惺忪之中忽闻"咕咕咕咕"的鸟叫声。我侧耳细听，叫声随风远去。我很纳闷，塞北的城市怎么会有布谷鸟的叫声呢？也许是错觉使然，但也让我清楚地认识到——布谷鸟的叫声不仅仅镶嵌在我某个生命的时段，更是我一种挥之不去的深刻记忆。

我出生的地方，是冀南一个以农业为主的农村。村子里有2000多人，俗名叫裴营子，传说是战国时代一名裴姓将军的营地。这片土地曾经有过辉煌灿烂的历史，战国七雄之一的赵国在这里建都，周边就有古邺城，三国时的魏，十六国时的后赵、冉魏、前燕，南北朝时的东魏和北齐，先后把这里当成都城。鼓角争鸣、硝烟弥漫的历史已经遁去。留下的是萋萋庄稼和国家级贫困县的帽子。我于20世纪60年代末出生后，记忆里都是些生产队记工分和生产队长敲着铁牌子（用一种废犁铧代替大钟）向社员布置出工任务的喊叫声。就像看黑白和彩色电影，我那时的记忆也是黑白的。我虽然是农民的孩子，但16岁就走出农村，一些农村的事情也是懵懵懂懂的。我大概能说清楚的是哪些农作物一年两熟，种完小麦种玉米，或者种棉花、红薯、高粱、黄豆等经济作物。在实行家庭联产承包责任制之前，粮田都是生产队的，有收成后，生产队完成向国家交公粮任务的前提下，根据每户的工分和人口分一些粗粮和细粮。我注意到，每次分的粮食总是粗粮多、细粮少。我们也因此一年从头到尾都是吃窝头、喝玉米糊，以致胃经常痉挛。像挂面、鸡蛋等现在轻易能吃到的食物，在那时可是奢侈品，只有生孩子的女人才有资格享受。那时候我们常常是饥肠辘辘，实在饿得慌时，就到自己家的自留地里（大部分地都是公有的，每家有几分自留地种蔬菜）找寻，那里种着些莴苣、白萝卜、茄子等蔬菜，对我们来说都是些稀罕物。我们瞒着家人，或刨或摘些蔬菜，用手擦擦泥土就"咔嚓、咔嚓"吃上了。那时的我们不管什么食物，只要能填饱肚子就可以了。家里也想着办法改善生活，也摘些榆树叶、杨树叶、柳树叶，树叶摘下来后得用水使劲泡，去去苦味，泡完就能蒸玉米团子，也能煮树叶玉米糊。这种改变虽然不如想象中的美好，但总算有些花样，也能激发我们兄弟姐妹几个多吃一些。看着我们狼吞虎咽的样子，我娘也有了些许欣慰。

可以敞开吃细粮的时候，那是在农历五月端午时节。到了收麦的时候，家里才舍得把缸底的陈年白面舀出来蒸馒头，做白面面条。那个时节，布谷鸟总是站在枝头"咕咕咕咕、咕咕咕咕"地叫。有布谷鸟的叫声就能吃白面、吃细粮，对我们来说那是一种向往和享受。每听到布谷鸟的叫声，我们的内心深处也随之升腾出无限的幸福和快乐。我也情不自禁地随着布谷鸟学舌，布谷鸟"咕咕咕咕、咕咕咕咕"，我们也"咕咕咕咕，五月端午"。我们狂喊着、疯跑着，那种快乐是极致的，也是纯粹的。

我的童年在布谷鸟的叫声中悄然而去。我背着我娘用花布拼接的书包来到学堂。我学习不甚用功，但在语文课上学到白居易的《观刈麦》一诗后，我感到诗人写得太好了，"田家少闲月，五月人倍忙。夜来南风起，小麦覆陇黄……"我现在依然清晰记得，割麦子虽然是个苦差事，但带着我的希冀。2009年高考结束后，我在《中国青年报》上看到，一个农村孩子写的高考作文《父亲的天空》得了满分，里面写的细节我现在不能全记下来，但大概记得他的父亲怕影响他考试，什么农活也不让他沾手，父亲自己却承载着全部的重负，他写道："父亲摸黑就起来磨镰，那磨镰的声音细微、均匀，一地的麦子等着父亲在烈日下一镰一镰地收割……"读着那篇文章，我的眼泪禁不住留了下来，我突然感到割麦子已经不仅仅是我的希冀了，连同那布谷鸟的叫声，让我想起久别的亲人，想起我的村庄，想起孩提时代的往事。

"咕咕咕咕，五月端午"……我情不自禁地低吟着。

懵懂的流年

岁至不惑，记忆力大不如从前。但是，那些仿佛是黑白电影一样的镜头覆盖了我的现实生活，越来越清晰地浮现在我的记忆里。常常，我不经意间便又沉浸在无知、无畏和不知疲惫疯跑的年少岁月。

那一年是猴年。我的出生让我娘如释重负。我的上边有3个姐姐，和我家有怨的邻家，背地里总是笑话我娘说："他二嫂（我爹排行老二）咋生了一窝子闺女，有本事让她生个'带把子'的给俺看看！"我娘的脾气很刁，闲话传到她的耳朵里，就想找说闲话的邻家算账。但静下心来一想，人家说得也没错，自己确实是生了3个闺女。"难道他爹是个绝后的命？"我娘常常陷入深深的自责之中。

我听我娘说，自从生了我后，她的心气顺多了。她经常趁街坊邻居蹲在街上吃饭的时候说："俺的本事也不大，现在闺女也有了，小子也生了，也不用别人操心了！"她是故意说给那些说她闲话的邻家听的。

我有三个姐姐和一个妹妹，就我一个男孩，我自然成了家人中的核心人物。在我的记忆里，我爹、我娘和我的姐姐都给了我不少偏爱。那时，大姐每天抱着我，串门、看样板戏，我的鼻涕不断，把她心爱的蓝色带毛领的棉袄袖子蹭得黑亮。有一次，大姐驮着小麦去县城面粉厂换面粉，让我坐在自行车的大梁上跟她去县城。换完面粉，她带我到县城的西关饭店给我要了一碗"肉顶的菜"（几片猪肉打顶，下面是粉条和白菜）。我那时不懂得谦让，端起碗就狼吞虎咽地吃起来。那种香喷喷的味道，到现在都储存在我的味觉记忆里。

我娘是个手巧的人，缝纫的活她都能做得来。每到年关，村里不少人都找我娘做衣裳。她会做棉大氅，会做4个兜的褂子，很多洋气的成衣款式她只要看两眼就能做出来。冬天的夜里，我们都上炕睡觉了，我娘还在煤油灯下蹬缝纫机。那缝纫机"哒哒哒哒"的声音，像催眠曲一样把我们带入沉沉的梦里。自然，靠手艺也能挣些零花钱。爹娘不舍得乱花钱，却为我买了翻毛牛皮鞋和咖啡色夹克成衣。那时，这些在农村都是些稀罕物，直引来村里的其他孩子羡慕的目光。

我们一帮小孩子极尽淘气之能事。爬树干、掏鸟窝、捉迷藏、打土仗，到处疯跑，浑身是劲。那种无忧、无知的快乐，非常纯粹。当然，我的成长也伴随着张扬、无畏、烦恼、委屈和许多无以名状的情绪。

饥饿是小时候最深刻的记忆，肚子整天咕噜咕噜地叫。夏天来了，庄稼地里有瓜果蔬菜的诱惑，孩子们结伴出动。几个孩子来到瓜地把守瓜地人的视线向左翼吸引，其他几个人从右翼突飞而至，挟瓜而去。守地人的叫骂声也逐渐跟随而来。有时饿得不行了，就想到张姓二爷。他是生产队里的饲养员，他那里经常有萝卜。我们又结伴来到生产队的院子，二爷正烧火，硕大的铁锅里煮满了红萝卜。我们知道这是喂猪的猪食，但我们饿得没有办法，能吃上红萝卜也算不赖了。半炷香的工夫，红萝卜煮熟了，我们都向锅台边围了过来。二爷知道我们饿，就给我们捞上半盆放在地上，几个小孩子也不顾萝卜烫手、烫嘴，在嘻嘻哈哈中吃得饱饱的。有时，看到家庭条件好的小孩拿着馒头吃，我黏糊的眼神从馒头上怎么也挪不开，不停地咽涎水，大有上去抢馒头的心思。那时候能吃上馒头是件奢侈的事，那馒头的香气久久不能忘怀。

我爹算是个有点小聪明的人。他会一点木工活，我家的推车、板凳等粗木工活都是我爹一手做成的。他还有点物理知识，自己琢磨着买来绝缘片和电线，研发了电焊机。在理想的怂恿下，我爹竟然和村里的"老吹的"（爱吹牛的人）要圈地做石墨加工厂，结果让"老吹的"骗走了我家筹集的3万多元钱，杳无音信。虽然我爹有这样的经历，但我依然将我爹作为我成长的引路人。他经常说："做人不要歪门邪道，做事要有模有样。"我默默记下了，这句话深深地镶嵌在我懵懂年少的思想里。

十二三岁时，爹娘和大姐、二姐到庄稼地里干活，嫌我不会干，去地里干活也不叫我去凑热闹。我那时上学功课也少，加上假期有很多闲暇时间，就主动承担起为家里担水的事儿。我们家那个大水缸能盛近20桶水，每次放学，我都首先拿起扁担，挑上我家那两个铝铁水桶，到邻家的井去压水、挑水。爹娘和姐姐们收工回来，看到满缸清水，直夸我勤劳。很多时候我也会承担一些其他家务活，比如去磨面粉啊，压面条啊，浇地啊，用瘦小的肩膀扛起一些差事。我常想，人要是不干事那不就和猪圈里那群只会吃的猪一样了嘛。

现在想来，在我年少的时候，我还是一个听话的人。爹娘交代我办的事，我从来都尽心去办，我想毕竟爹娘养活我也不容易，我不能让他们失望。有一次，我娘对我说："儿啊，好长时间没收到老母鸡下的蛋了，是不是下到别人家了，你操心看着点。"我得令后，像一名侦探一样，紧盯着老母鸡的动向，很是尽职。好几天后，我终于观察到老母鸡走出院门，径直飞上院外的柴火垛。我悄悄爬上柴火垛一看，见柴火垛上的一个窝状的凹处堆放着20多个鸡蛋。我欣喜若狂，赶紧脱下褂子把鸡蛋包上，滑下草垛，向我娘邀功请赏去了。

我有了孩子后，才越来越懂得"爹娘心"。我小时候生病啊，闯祸啊，等等，每件事都强烈地牵挂着爹娘的心。我有个本家姑父在煤矿上班，带回一包铜雷管。我嚷嚷着要了十几个，开始琢磨它的威力。我点起柴火，把雷管扔进火堆，赶紧"嗖"地一下跑出很远，后来听到"嘭"的一声闷响。我感到雷管的威力没有想象的那样厉害，对雷管也没有了先前的畏惧感。几天后，我在院子里和玩伴耍时，又拿出电池和雷管，还是一根电线按在一极上，另一根电线在另一极上，然后有距离地比画。突然，听到"嗵"的一声，雷管爆炸了，我那蹲在远处择菜的爷爷被震得坐到地上。我的耳朵嗡嗡地响着，手臂被炸得血肉模糊。我娘给我做的新裤子和新棉裤被炸出一个大洞。我知道自己闯祸了，我娘一定不会放过我的。我不顾疼痛，赶紧到外边躲了起来。晚上学校上夜课，我怀着忐忑的心情来到学校，趴在土台子上翻书本。我记得那晚我没有心思学习，两只耳朵嗡嗡地响个不停。后来，我娘找来了，说她找了我一后晌，一直着急上火，不顾老师和同学在场，生气地数落着我，还拽起我浑身上下看了个遍，见我没有大的伤，心里的一块石头才落了地。

我娘后来跟我说，我小时候把她折腾得够呛。有一次，我得了肝炎，不想吃饭，眼睛发黄。我娘害怕了，赶紧借来自行车，推着我上乡里看大夫。

在路上，我娘心事重重，几次不小心把自行车推进沟里，把我从自行车上摔下来。好在，我这病在打了几次吊瓶后就痊愈了。还有一次，我把我家的杌子反过来，坐进去摇晃，想找找坐摇篮的感觉。由于摇得幅度太大，杌子翻了，我的嘴磕到旁边的黑铁锅沿上，顿时血肉模糊。我娘背上我就往乡里的医院跑，她深一脚浅一脚地跑着，也不知道累，不一会儿就跑到医院。我娘后来跟我说："俺的儿挺皮实的，锅沿把你的嘴唇割透了，医生也不给你打麻药，用手术钳子夹住你的下巴上一针下一针，像缝鞋底一样缝了7针。你哭得嗓子都沙哑了，揪得我的心也生疼。"

那时年少，对爹娘是绝对依赖的。虽然日渐长大，在爹娘眼里依然是个孩子。那次，我和其他玩伴到大队（村委会办公场地）院子里玩耍，值班的远房本家硬说我偷打井架子上的铁丝，强迫我敲锣游街。我哽咽着在街上游了一圈，小脏手搭在脸上擦眼泪，把脸抹成泥关公，锣也是跟着看热闹的孩子帮着敲的。事后回到家里，我怀着委屈、无奈和疲惫，连水都没喝，饭都没吃，就爬上炕睡了。翌日，太阳都爬得老高了，我仍然在炕上躺着。我望着屋顶，似乎第一次感到自己的软弱和无奈。我娘见我蔫了，知道我受了委屈，对我说："俺相信俺孩儿不会偷东西，俺的儿是天底下最好的孩儿！"我听了，眼泪禁不住流了下来……

岁月匆匆，眨眼就晃过去了。岁月给我留下的这些记忆，让我在时空交错中流连。这些琐碎的陈年旧事，不只是岁月光斑，也是我人生的宝藏。

想念椿树

身在他乡，家乡的一草一木都成了挥之不去的牵挂。

我现在客居在这座城市，大大小小、宽宽窄窄的路两旁，没有南方城市的蓬天大树，就连我多年前来到这座城市时栽的柳树，如今依然玲珑可爱。很多街道更是少有树的蛛丝马迹。

而此时，我的心里却有一棵粗壮的树在不停地生长。我知道，这是我家的那棵我一生都忘不了的老椿树。

那棵伸展臂膀也抱不过来的老椿树，像一把巨伞，把我家那不大的院子遮了多半个。如今我知道椿树属落叶乔木，但最终我也没有闹明白，那棵椿树究竟是香椿还是臭椿。七月流火的时日，我们全家不必为燥热而担心，我们吃饭时会把饭桌摆在椿树下，就不见汗流了，却有丝丝凉意。拿个凉席铺在椿树下睡午觉，更是我和父亲的"保留节目"。这样，就在我的梦境里也不多出现口干舌燥、烈火燎烤的场面。那椿树的绿荫，遮着我的整个童年的夏日。

自然，这棵老椿树也就成了我和家人向邻家谝的宝贝了。

但是，使我对椿树产生情感的倒不全是它夏日给我们送来的阴凉。关键是，它给我的孩提时代带来期待和欢乐。每年大年三十晚上，我和姐姐、妹妹都按乡俗来到老椿树旁，唱那两句远比现在这歌谣那歌谣好听得多的歌谣。每当唱起那两句带着我们梦想的歌谣时，我们都依次单手扶树，信步环绕，用的是百分之百的虔诚和矜持。好几个年三十，我和姐妹们都因为谁先绕树唱歌而争执不休，直闹到父母出面干涉，才排出先后。

虽然十几年过去了，但那棵椿树不仅还生长在我的心里，那歌谣也常常回响在我的耳畔——"椿树，椿树，你是俺娘，你发粗来俺发长。椿树，椿树，你是俺姨，你发粗来俺发细……"

每唱完歌谣，我和姐妹们都仰望着遥远的夜幔，心里依稀觉着我们已经长成高挑的大人了。

时至今日，我才觉得那在椿树下每年都唱的歌谣，不过是一个可望而不可即的美丽童话。我现在非但没有长成伟岸男子，却大有横量五尺五、竖量三尺三的态势。这使我对别人约我写信时，尾句说的"万事如意"这词有了新的认识。它不过是一个美好的期待而已。

数年后回家探亲，一进家门就发现那棵40多岁的老椿树不见了。家人告诉我，那棵老椿树被刨掉做了新房的大梁。我听完立即感受到揪心的疼痛。走进新盖的西屋，我发现那棵粗粗的椿树被剥掉了树皮，显得光洁白亮，它在新的位置上又身驮重负。我面对着这棵熟悉的老椿树，像面对一位老朋友，胡乱地说些动情的话。妹见状开玩笑地问我："哥，你念叨啥呢？"我听了顿觉失态！

几年离家又团圆本该高兴，但那次没有那么开心，我知道我是为那惨遭不幸的老椿树。

那年冬季，我只身来到北方一个沙漠地带采访，顺便去了国家级自然保护区——大青沟。那条沟很神奇，沟的周围全是茫茫沙漠，而沟里却有五角枫、黄菠萝、蒙古栎等150多种珍贵树木生长。凛冽的冬日，其间温泉正纵横流淌。当我正沉浸在这个神奇的境界中时，忽被不远处的一棵碗口般粗的树枝紧紧引住了。虽不见树上有容易辨认的树叶，我还是一眼就看准了，那是棵椿树。

我在北方走进过不少森林，甚至也看过不少原始森林，却没有见到过如此令我动情的椿树。此刻，一种曾经经历过的情感油然而生。我情不自禁地手扶这棵北方稀有的椿树环绕而行。"椿树，椿树，你是俺娘，你发粗来俺发长。椿树，椿树，你是俺姨，你发粗来俺发细……"

我仿佛回到童年的时空，眼眶里溢出两股热流。

望东南

站在蒙古高原，我禁不住向东南望去。

我知道，我的视野最多也不过向远处眺望数十里的距离。但是，只身在外30多年，牵挂之心早不知有过多少次，穿越千山万水，冲破风霜雪雨，与冀南平原紧紧拥抱在一起了。

乙亥小雪，我回到乡下老家。此刻，野外阡陌纵横，冬麦苗绿意盎然，给萧条冰冷的冬季平添了许多生气。这次回到老家的目的是悲凉的，也就没有以往省亲的愉悦。这是我生命里一次沉重的告别。我的岁至耄耋的父亲，躺在透明的灵柩里，安静而冷清，只是有来来往往吊唁的人，家里人悲恸的哭泣声才打破了这种冷寂。我只身在外几十年，好像练就了有泪不轻弹的血性，然而，此刻我眼里禁不住溢出眼泪。

父亲于1939年出生。他生在黄土地，长在黄土地，最后也魂归黄土地。父亲上过几年学，但没有深造，只能算能识文断字的水平，一生在黄土地里刨食。

父亲属于沉默寡言型的人。他不善言语，尤好抽烟，早先块儿八毛的烟抽得很凶，一天要抽两三包。那时候，我们一家睡在一个大火炕上，每天天不亮，大公鸡还没有打鸣，父亲那"烟嗓子"猛烈的咳嗽声就开始了，声音此起彼伏，直接把我们从酣睡中拽出来。待我们起床上学，看到一地黏痰。我对抽烟的坏印象就是在那会儿留下的，以至于后来对抽烟很抗拒，没有成为"烟民"。

黄土地就是村里人的命根子，世代以土地为生，以土地为宝。村里的人多，庄稼地轮到每个人头上，也就一亩左右。父亲从青壮年到暮年，一晃几十年，起早贪黑，面朝黄土，无不显示出一个好的庄稼汉模样。种了几十年的地，他熟谙农耕节气，盘算怎么种植达到价值最大化。如果种冬小麦，到来年农历五月收割后，还能种一季玉米，一年种两茬粮食作物；算经济账，就种棉花、红薯和芝麻等经济作物，一年种一茬，但收入比农作物多一些。不过不管地里种什么，父亲都是以十分的虔诚去对待。母亲曾自豪地说："俺孩子他爹咋也算是个称职的庄稼汉！"

父亲自己说自己："咱是个老农民，没啥本事，就是有力气。"他的脸被太阳晒得黑黢黢的，手上有厚厚的老茧子，可能想着有5个孩子需要养活，干起活来不管不顾。以前没有运输工具，庄稼收成和草料都需要用两轮车往家里拉，父亲一趟趟往返于田地和宅院之间，装卸也只有大姐和二姐能帮上一点忙。为了省钱买化肥，每年都要用铡刀把秸秆铡碎，小山一样的秸秆堆，需要挑水洇湿反复倒腾。这又脏又累的活，父亲总是一个人沉默地、机械地劳作着……家里盖堂屋的几万块砖，也是父亲脱砖坯、烧砖窑制成的。我和几个姊妹干不动活，也只能在砖窑前的古树旁祈祷，祈求烧出好砖。要说父亲这辈子使力气最多的，就是响应毛主席的"一定要根治海河"

号召，也为了多挣工分，从1963到1973年的10年间，每年农闲季节到天津挖一季的海河。挖海河是重体力活，一个人一天要挖好几个立方再拉到堤上。体力消耗很大，以致见枕头就能睡着。当时，窝头管饱，个儿大的窝头，每顿吃四五个。每周改善伙食时会吃一次馒头，他们这些劳力能吃七八个。挖海河，父亲得了劳伤病，双腿不能灵活弯曲，走路拖着腿，一瘸一拐，还经常摔倒。后来，他就坐轮椅，长期卧床。

父亲的手算是很巧的。他不但能犁地扬场，而且做起木工活也有模有样。虽然他没有正式跟师傅学过徒，但是他喜欢琢磨。不管破木方、烘干木材，还是做桌椅板凳、做手推车、做盖房用的门窗，都是一边琢磨一边动手。父亲也会一些瓦工活，宅院里砌墙垒砖、摸泥上瓦这些活计，是不用专门请人来做的，遇到邻家修房盖屋，父亲也经常去帮工做些有技术含量的活。父亲虽然学问不高，更没有系统学过物理学，听说电焊机有市场，就着魔似的研究起电机制造了。他买来绝缘片和铜丝以及其他配件，依葫芦画瓢，不仅制造出电焊机，还卖了个好价钱。父亲还在村里的油坊干过，兼任技术"总监"，棉花籽的炒制，做成饼胚，装饼锤打，在"嘿嘿嘿"铿锵有力的号子声中，一条细细的油就从导油槽出口处缓缓流进油桶。

父亲对我们的爱深沉而博大。在物质贫瘠的时候，父亲出去赶集办事，回来总给我们带诸如块糖、山楂串等让人垂涎欲滴的零食。后来怕我上学走得累，父亲给我买了自行车。那时候能骑自行车上学，可是让人羡慕的，算得上是拥有奢侈品了。怕我们孤陋寡闻，父亲给我们买回"红灯"牌收音机。它成了我们了解世界的窗口。我们放学回家就迫不及待地拧开收音机，听刘兰芳的《岳飞传》、单田芳的《白眉大侠》等脍炙人口的评书，我们听得如痴如醉。我当时最喜欢听中央人民广播电台的《每周一歌》，好多歌都是从那个栏目中学会的。父亲最大的梦想，就是把爷爷留给他的低矮的小南房拆掉，给我们翻盖5间高大亮堂的堂屋。后来连攒带借，真的盖起了5间青砖玻璃窗堂屋。那时在村子里也算够讲究的了，这也成了父亲最引以为豪的事情。后来，父亲想攒钱盖一个贴瓷砖的街门楼和一堵砖雕影壁墙，因财力不济，理想也落空了。

父亲一生没有去过什么地方，除了去天津挖海河，来内蒙古我的家里住过两个多月，也就在邯郸附近转悠了。一些大城市没去过，也没有坐过高铁和飞机，对外边世界的感知，基本上都是从电视上看到的。父亲在农村很少品尝大鱼大肉和山珍海味，还经常说："吃啥也不如咱家的小米玉米糊好喝。"来内蒙古请他吃涮羊肉，他也吃不惯，说："你们咋这么能吃肉，我是吃不惯。"请他到饭店吃，他也说："又贵又不好吃。"后来，他的腿病严重了，智能电动轮椅也不能坐了，就卧床不起了。姐妹们轮流照顾，喂些精细的粥食，也可以喂些软乎的面条，所幸饭量还不错。

父亲卧床这些年，早些时候还可以看河南豫剧，后来还拨弄手机。最近这一年多，他的身体大不如从前，躺着翻身，身上捂出褥疮。在县医院工作的三姐想了很多办法，找来专家治疗，借来医疗床，铺上充气褥子，这才得以好转。幸亏姊妹多，父亲诸多不便，包括换尿不湿等都能轮番上阵。父亲的身体渐瘦，最后浑身上下皮包骨头，好在没有别的病症。他很多时候都在沉睡，有时醒来也看着房顶，连说话的力气也没有。我经常回去看他，父亲有时认识我，有时与他说话，他只是怔怔地看我一会儿就闭上眼睛睡去了。

父亲终归熬不过岁月，一声不吭地闭上眼睛离开这个世界，终年81岁。我能观察到，他的眼里有浅浅的泪影……

父亲是一个普通人，一个土得掉渣的农民。在他的生命里，没有轰轰烈烈，没有英雄壮举。他奔波在田间阡陌，忙碌在村庄街巷，在生命的轮回里，父亲都是默默的，悄无声息的。我用一首诗来纪念父亲此生：

南冀平原寒意起，田间阡陌麦苗齐。

子时白雪铺村舍，耄耋生息谢许期。

喜怒哀欢终是空，功名利禄本无依。

几分薄地长儿女，一世勤劳逸向西。

长长的送葬队伍，把父亲送到一片静谧、有着葱郁绿色的麦地。作为长子，我向坟穴里填上第一锹土。旋即，在平展展的平原上，堆砌出一座孤冢。

回到千里之外的城，我常常望向东南。我的父亲，在那座麦地的孤冢里，是否能感受到我怀念的温度……

母亲的哲学

母亲已经是耄耋之年的人了。

不久前，我回老家探望母亲，看到她一头银发，双腿弓曲难立，行动变得颤巍、迟缓，但精神头还不错。母亲嘴里的牙齿掉得差不多了，吃东西常常靠腮帮子慢慢咀嚼。近几年，她患上轻度抑郁症，记忆力大不如从前了。她老说自己没吃饭，不停地找东西吃，就像一个有些幼稚的"老小孩"。

看着暮年的母亲，我感到时光的无情流逝。但是，眼前的这位大字不识几个的老人，在风雨飘摇的岁月里，看透人生百态，总是用最浅显的话语，点破世事玄机。

以前，我总感觉母亲磨叨，等自己进入中年后，才渐渐知晓母亲"磨叨"的语境。由此我也懂得，许多哲学智慧来自生活。

"差不多就中了，做啥事也不能太要劲。"

母亲是个追求完美的人。她虽然没有系统学过服装制作，但靠着自己的琢磨，裁缝针线活在村里可是有些名气的。还有做其他营生，她有自己的"心气"，干啥都不落俗套，用她的话说就是："咱也是个'有材料'的人！"

"差不多就中了，要知足。"这是母亲除在手艺上追求极致外的口头禅。她在人生岁月里洞察到生活规律，凡事没有绝对的完美，一定程度上的好，都是相对而言的。就说我们兄弟姐妹5个，只有我三姐考上了中专，我当了兵。大姐、二姐和妹妹都在家务农。母亲说："我这5个孩子上大学的上大学，当兵的当兵，在外边混得有模有样。另外3个在农村守家在地过日子，有房有地都过得不赖。"

在母亲心里，孩子们无论从事啥职业，无论钱多钱少，只要稳当地过日子，过"差不多"的生活，就能够放宽心了。

"差不多就中了，要知趣。"这是母亲经常教育我的话语。我有股"人来疯"的劲头，干啥都不知道迂回，小时候与玩伴打扑克赢了小钱，就想赢得更多，这时母亲就看出我的心思，就来这么一句"要知趣"；后来我当兵回家探亲时与同学喝酒，喝到酣畅处，母亲也会呵斥我"要知趣"；我出了书，打电话向母亲炫耀，并说出自己的宏远目标，母亲平静地说："差不多就中了，要知趣。"当头给我泼了一盆冷水。现在想来，母亲的话是在教我，做事尽心就好，要掌握好分寸，不能贪得无厌，否则只能让自己难堪。

"差不多就中了，要知好。"母亲也很幽默，为了阐述她的"思想"，经常形象地说："做人要有度，要知道谁对你有恩，不能像猪吃牛奶一样不知好歹。"她经常以朴素的道理，教育我们，要知道为人处事之道，要知道感恩，不能做背信弃义的事情。

母亲的"差不多"哲学，就像锅碗瓢盆奏鸣曲，处处透露着生活的智慧。

"做个平常人有啥不好，最起码活着不累。"

对于母亲这样的教诲，我年轻时是难以接受的。

作为一名只身到异地打拼的"闯荡者"，心里萦绕的都是些诸如"出人头地""光宗耀祖""祖坟冒青烟"之类的想法。"平常人"这个词，没有出现在我梦想的"词典"里。

但是，进入艾服之年，便豁然觉得母亲的话意味深长。其实，想起她以前教导我做人的那些话，知道她早已洞察为人之道、知晓为人之难。

母亲说："平常人有平常人的意味，就像白开水一样，闻着寡淡，细品也有甜味。"听着母亲的话语，我想到"真水无香"这句蕴含生命真意的佛语。我懂得，母亲希望我们看透功名利禄，远离世事纷繁，不为尔虞我诈，甘食粗茶淡饭，追求内心的宁静和自然。

母亲说："你觉得你不笨，实际上比你聪明的人还多得很。"她怕我们在外边为人骄傲自大，常常告诫我们："那山一座比一座高，那人一个比一个能。"又说："有能耐的人都是深藏不露，显露出来的都不是有能耐的人。"怕我们对她的说教无动于衷，接着说："摔得狠的，都是跳得高的，要低调做人。"

母亲说："人怕出名，猪怕壮。名利是附在你身上的仇。人这一辈子，就是一碗饭，一张床。再大的官，再多的钱也带不到棺材里。"她会拿十里八乡流传的一些被名利所害的例子，来佐证她的话语；她还用戏里的一些历史故事对我说教："鳌拜、严嵩官做得够大了，也是穿金戴银，前呼后拥，腰缠万贯，最后不也落得个掉脑袋的结果。"

"人都是瞎活着，谁知道天明会有啥事。"

远离家乡后，我经常会回去探望老人。

每次回到家里，我都会听到母亲感慨，说村子里哪个青壮汉子得病走了，哪个老人早晨睡得没醒来，娘家的孩子刚结婚不久就因车祸而亡……母亲说这些事情时，有惋惜，有感叹，有痛心。通过这些事情，母亲总结出自己对世事观察的结论："人都是瞎活着，谁知道天明会有啥事。"

母亲常在村里街巷对一些老姊妹说："这不开心，那不开心，有啥不开心的，好死不如赖活着，多活一天就赚一天。"

母亲会对一些过日子有矛盾的晚辈说："夫妻走到一起，成家过日子，都是一辈子的缘分。一辈子说长也长，说短就是一眨眼的工夫，要珍惜眼前人。"

母亲对我更是言辞恳切，每次见到我都念叨："看电视看见好多当官的被抓了。他们不是能人，以为自己做下的能避人耳目，耍心眼最终还是靠不住，做老实人才能长久。"

我的母亲，一介草民，一位80多岁的农村老太太，她的"哲学"没有高屋建瓴，没有抽象表述，没有深刻批判，表达的更多的是生活里浅显的、柴米油盐的哲学，更有人间烟火的味道。

我对母亲由衷钦佩！

极地荣誉

我终于站在这个心仪已久的地方上了。

眼前是额尔古纳河、敖鲁古雅河、石勒喀河形成的黑龙江源头，宽宽的江水平缓地向东流去，让人领略大自然的雄伟。

在祖国的版图上，这里处于鸡冠顶处，这个地方叫恩和哈达。

然而，这个名字诞生于何时，代表什么含义，来过这里的人或在这里生活的人都说不出来，只不过是一个代号而已。谁会为其费心思地去追溯，谁又会在意其究竟代表什么呢?恩和哈达像谜一样被人们记着，被人忽略或述说着。

在这个属于北纬53°的地方，使我真正心仪已久的不是好看的森林和明丽的江水，而是关于一群警营男子汉的青春风采。

这是一个青春的群体，生活在这片极地上的，除了离他们6公里之外仅有7人的恩和哈达镇政府外，就只有年轻的他们了。

他们与别人不同的是，很看重"恩和哈达"这4个字，他们珍视这4个字，甚至把荣辱与这4个字紧紧地连接起来。他们的进驻，给恩和哈达带来一段新的历史，带来一段光荣的历史。

征服无人区

漠河1987年特大森林火灾之后，离漠河几百里之遥的、祖国北部唯一一片原始森林更显珍贵。内蒙古自治区的领导们高瞻远瞩，决定在恩和哈达，也就是北部原始森林最北边驻扎一支森警部队，以防止雷击和人为火灾，确保北部原始森林万无一失。

恩和哈达这块千年寂静的无人区，在地图上可以轻易地端详触摸，但要进驻部队难度是可想而知的。然而，军人不拒困难，青春不拒考验。内蒙古森警总队满归大队的14名官兵受命先遣进驻，开发营区，建造营寨。

1988年4月8日凌晨，北方还是冰天雪地的时候，年轻的排长王明信带着13名战士，乘"东风"牌汽车出发了。汽车咯咯吱吱地压着积雪，蹒跚行进着，刺骨的风像刀子一样吹打着士兵的脸，战士的腿越来越冻得麻木了，渐渐失去知觉。最令人担心的是，这林区的路上冬天特有的高高大大隆起的大冰包。路面屡屡使车体打滑，路边沟壑深得吓人，战士们忍不住发出本能的阵阵惊呼。之后又遇到过不去的大冰包，王明信和战士们就跳下车，开始用镐刨冰，飞溅起的冰块撞得战士们手脸生疼。在零下40多度的天气里，寒风一下吹透了官兵们的身体，全身都凉透了。250公里的路走了近20个小时，到洛克河时，路就到了尽头，离终点恩和哈达还有30公里远就无路可走了。王明信看到车上的战士眉毛白了、胡子白了，大衣上挂满了霜花。他把冻得双腿不能站立的战士们一个一个抱下车来，替战士们擦掉脸上的雪霜。

"白毛风"在夜里呼啸着，车的两束灯光在夜幕中颠簸着，切割着黑沉沉的夜幕。车行驶上了黑龙江，穿越冰道是去恩和哈达唯一的路。

天又亮了。红彤彤的太阳终于挂在森林的树梢上。14名官兵终于到达目的地，但眼前又是怎样一种景象呵：密匝匝的、高大的树干遍布这里，根本没有立足之地，在已开始消融的森林里沼泽连绵，一脚下去高腰水靴里不免灌满冰凉的水。官兵们目送着返回拉其他生活物资的车在江道上变得越来越模糊。

王明信没有对面前的战士们做战前动员，他第一个拿起斧头，一头扎进森林深处，铿铿锵锵地挥舞着。战士们旋即拿起手锯、斧头跟了上来，斧砍声、锯拉声一时在这千年沉寂的原始森林里共鸣成一曲深沉、浑厚、悲壮、艰苦的交响曲。帐篷搭起来了，床架架起来了。官兵们都希冀听到汽车的响声，因为还有床板、面案等一些生活必需品没有运上来，汽车声迟迟没有出现。他们来到黑龙江源头，看到江里厚厚的冰层断裂了，巨大的冰块足有几间房子那么大，轰隆隆顺江而下，其场面震撼人心，汽车很难再上来了。

王明信扭头返回帐篷，坐在没床板的床架上，望着透进阳光的帐篷顶思忖了片刻，拿起斧头又钻出帐篷。他抱回一抱两米长的松树杆，并排放在床架上，然后把背包卷打开铺了上去，这样住的问题就解决了。虽然，在帐篷内得穿水靴，床下还有涓涓细流，但疲惫到了极点的他们早顾不上这些了，甜甜的鼾声早已回荡在帐篷里，流淌到外面的原始森林中去了。

黎明破晓，王明信和战士们起床了，潮湿让他们腰酸腿疼；松树杆上硬实的树节子硌得他们身上到处都是深深的坑痕。没有蔬菜，没有佐料，更没有肉香。他们只能把黄豆泡大了煮着吃，每天重复着疙瘩汤、大米粥。此时，一小坛咸菜显得特别珍贵，每人每顿饭只舍得吃上三两口。生活上的苦可以忍受，但每当几只大熊瞎子旁若无人地走到帐篷附近，向官兵挑衅或与他们对峙时，都使他们极度紧张。夜晚睡觉时，他们都要在帐篷门口点上篝火，轮流加柴，以防发生不测。3个月后，送给养的汽车被推土机牵引着在森林里开了一条道，这14名森警官兵的苦日子才宣告结束。有人说，在恩和哈达当兵就该受人尊敬，而这些曾为恩和哈达森警大队征服无人区、艰苦创业的人们更应该受人尊敬，他们必定被镌刻在恩和哈达的历史之页上。

梦里"桃源"

3个年轮的住帐篷的日子与其说让"恩和哈达人"饱尝了难以用语言表达的艰辛和酸楚的话，还不如说在这段难过的日子里，他们酝酿出一个共同的梦想——用双手在这片偏远的极地建造一座极好的警营。

我站在他们曾经搭帐篷的地方，在几个水泥平台的间隙处，生长出茂盛的荒草。在这片已被废弃的土地上，我在努力寻找着，试图寻觅那使大队官兵产生建设一流家园的精神源泉。我看到的分明是一片普普通通的土地，我的心里留下了一个大大的问号。

1991年4月3日，恩和哈达森警大队官兵点燃了几串长长的红鞭炮，他们改写了艰苦的往昔，拥有了属于自己的崭新的3层大楼。噼里啪啦的鞭炮声拉开新生活的序幕，也似在诉说他们艰难的创业史。

在那段漫长的日子里，大队的官兵们手里不仅拿着风力灭火机，施工工地也成了他们的第二"战场"，锹挖镐刨，搬砖和泥，开山运石；官兵们手上的茧子厚了，膀子上的肌肉越来越结实；寒风烈日，霜重雨泼，蝇舔蚊咬，血汗交加……他们紧紧地咬着让梦想怂恿着进入忘我的境界，用双手创造着奇迹。

徜徉在现在的恩和哈达森警大队营院里，真有进入"世外桃源"的感觉；3层大楼坐北朝南，成了郁郁葱葱的森林中一个醒目的地标，营房前后，假山、凉亭点缀其间，给营房增添了几许生动；吉兴河水潺潺环绕营院而过，官兵们在河上架起长45米的吉兴桥，该桥古朴而有气度；宽1米的松木杆路架在原始森林里的沼泽地之上，绕过纤细的白桦，绕过高挺的松林，幽幽地通向远处的山腰；媚人的达子香、高洁的樟子松被移植进营院；木栅栏围成的猪圈、鹿圈让人感到时光仿佛还在远古。

这个警营无论谁身临其中都会留下一串惊叹和对他们崇高的敬意。当我的思维还定格在一种找不出答案的揣摸之中时，当我依然徘徊在这块被废弃的、隙缝中长满荒草的水泥平台上时，大队教导员苏万毅对我说："恩和哈达大队官兵都怀着强烈的荣誉观，在这里讲荣誉是光荣的。'为自己争荣誉，为恩和哈达争荣誉，为森警部队争荣誉'成了广大官兵的精神脊梁，鼓舞着一茬茬官兵在这艰苦地区无私奉献，建功立业。"

我心中的问号被拉直了，答案正是这样。在这特定的环境里，"荣誉"这两个在外人看来普普通通的字，在这里却产生了巨大的精神动力，而他们要获取这两个字却要付出青春，付出鲜血和汗水，付出更多该拥有的东西，这代价又是多么昂贵啊！

在那遥远的地方

在恩和哈达大队采访，我在美好的生活环境里深深地陶醉着。这花园般的营院飘进原始森林里百鸟的啁啾声，狍子、榛鸡、小鹿等野生动物常常情不自禁地融进这群年轻人的生活圈子。不甘单调的官兵们在居所的窗台上，摆上插在瓶子里的一束束争奇斗艳的达子香，摆上形形色色的、讲究的花盆，扶桑花、迎春花、水仙花、月季和一些叫不出名字的花，从遥远的地方被带到这偏僻的地方安家落户了。

他们对我说：这里确实是一个世外桃源，但是一个远字，使这里又变成了一个特定的生活环境，准确地说是个精神贫瘠的特定环境。所以，在他们中间还流传着这样一句话："十天八天处处好看，三月两月角角落落走遍，三年五年待着就算奉献。"这话虽然念起来朗朗上口，但这种感受是苦涩的，是沉甸甸体验的一种诠释。对恩和哈达，我慢慢有了真正意义上的了解。

说起恩和哈达的远，离大队设在满归的中转站有250公里之遥。然而，这250公里不是普通的250公里。我采访过的大兴安岭森警支队中尉干事李冰告诉我一个小故事：1991年6月，他从警校毕业到恩和哈达实习，乘坐给养车来恩和哈达报到，同车的还有后厢里大队买的准备喂养的两头活猪。车到大队，两头猪不堪一路颠簸之苦，已气绝身亡。恩和哈达的"远"，由此可见一斑。

路远，加上特定的地域所带来的影响，这里的生活与苦字自然而然地融在一起。冬天大雪封山，恩和哈达就与外界失去该有的一切联系。山隐了，树隐了，都让厚厚的雪掩盖起来了。这时候，官兵们的生活就更艰苦了，新鲜蔬菜和肉香在梦里未曾出现，就被一顿又一顿倒胃口的煮黄豆、拌粉头给淹没了。如果，一冬天不断给养，对"恩和哈达人"来说就算有福气的了。

给养车是恩和哈达森警大队官兵的生命车。它可以运回生活给养，也可以带回"精神给养"。给养车的每次回归，官兵们都会一扫平日的沉默寡言，像过年一样高兴。信来了，可以和父母妻儿"对话"了，这些有钢铁般身躯的男子汉们，常常手捧信笺躲进不远的白桦林中，读信读得热泪顺脸颊而下。他们得到"精神美餐"，这远比几个月闻不到肉香而突然吃到肉更令他们幸福。是啊，生活上的苦压不弯他们的腰，而精神上的苦却是难以煎熬的，难怪他们说，在恩和哈达待着也是难得的奉献。

这里是寂寞的，我们常人希望见到森林、见到绿色，他们生活在原始森林里眼里已经不愿再装进这有勃勃生命及浓重色彩的森林了。亲爱的读者啊，绿色对他们来说已经刺眼得很了，因为他们睁开眼睛眼里不是孤立的营房，就是单调的绿了，以致他们都患有不同程度的绿盲症。与亲人陌生了，与现代文明陌生了，他们的青春岁月被绿色浸泡着，被寂寞单调和枯燥乏味环绕着。

所以，有这么一个故事发生在这里便毋庸置疑了。特殊的环境里人与动物也可以相互倾诉，相互交流，甚至可以成为真正的朋友。中央电视台曾经把这段人与动物真实的、如今还在延续的故事搬上荧屏。

8年前，大队官兵在扑救森林大火时，从大火中救出一只受伤的小鹿，官兵们看着瞪着惊恐眼睛的小鹿，纷纷献出奶粉，精心呵护着这只可爱的小生命。随着岁月的更迭，这只被官兵起名鹿鹿的小鹿长大了。

闲暇时，官兵们都愿意到鹿园来看看鹿鹿，或用口哨或手势与它"对话"。后来，看它有了自理能力，大队党委专门把放生鹿鹿摆在重要议事日程上。鹿鹿自由了！它纵蹄跑进森林深处。可是，到了第三次，鹿鹿被放走的第三次，它又找寻回来了，它已经舍不得这里了。官兵们更疼爱鹿鹿了，怕它寂寞，就从很远的地方给它娶来了"爱人"，还派专人饲养鹿鹿一家。战士巴特尔已是第三任饲养员了。为了让鹿鹿一家丰衣足食，生活幸福，他每天都要辛苦地清扫鹿园，还要打6麻袋草料。鹿鹿一家记住了大队官兵的深情厚谊，每见到官兵来到鹿园，它们都要腾空架起两只前蹄表示友好。在这遥远寂寞的地方，人类与动物的感情得到升华。

融进心灵的恩和哈达

恩和哈达留在所有在这里生活过的人的心灵深处的记忆是沉重的。这里带给一代代森警以及他们的家庭的不仅仅是悲怆，还有许多美好、温馨的扼杀。

1990年，大队会计李自明与从小青梅竹马的姑娘刘国萍终于结为秦晋之好，一场马拉松式的恋爱才算有了一个结局。

刘国萍战胜世俗，赢得忠贞的爱情。然而，生活真的像父母所预示的那样，丈夫远在天边，"长分离，难相聚"，一个女人家既要上班又要带一个孩子，其难处是不言而喻的。刘国萍在一家中外合资服装公司的流水线上做工，本来就够繁忙的，还要挤出时间到幼儿园接送孩子。很多次，刘国萍完不成任务需要加班，儿子鹏鹏就只能跟着她。孩子困了、饿了难免哭闹，刘国萍就耐心地哄儿子，哄着哄着眼里就有了泪花。很多次，孩子就顺势在剪衣服的平台上睡着了，还睡得挺香甜的。夜深了，她带着儿子回到家里。家是空寂的，一阵酸楚顿时涌上心头，家要是和遥远的恩和哈达没有距离该多好啊，刘国萍常常独自一人这样想。

一晃7年过去了，刘国萍从来没有把心里的苦处向李自明诉说，她用赢弱的肩膀担起双重的责任。她在写给李自明的信上曾经这样说："我选择了你，我就应该承受一个军人妻子该承受的一切。希望你不要辜负我的选择，在部队干出个样来……"像刘国萍这样动人的故事,我采访了不少。当然,这故事是沉重的。大队上报了刘国萍支持丈夫安心工作的事迹材料,参与评选内蒙古森警总队举办的"1996年十佳好警嫂"活动,我祝愿她当选,以给她过多的失去一点小小的精神弥补。

刘国萍只是恩和哈达军人妻子们中的一位,还有不少的恩和哈达军人妻子们和刘国萍一样经历着相似的难言之隐,或者有着更令人感动的情怀。应该说,恩和哈达的军人妻子们的失去和付出,可以与"恩和哈达人"成正比。

有人问长年累月生活在恩和哈达的森警官兵,恩和哈达这个特殊环境给了他们什么值得骄傲的馈赠,他们听了问话,长时间沉默。

是啊,恩和哈达给了这些年轻的官兵一些什么呢?

"我们的意志得到了锻炼,我们的人生融进了'恩和哈达精神';面对艰难困苦,面对生活的艰苦,我们不动摇、不气馁,难道还不够吗?"恩和哈达的官兵终于找到了一个令他们自信的答案。

让笔锋再次插入第一个带领战士进驻恩和哈达征服无人区的警官王明信的生活。

一纸调令让王明信走出恩和哈达大队,进入大兴安岭森警支队机关工作。当生活向这位年轻的警官刚刚露出一个媚笑之后,紧接着又给了他当头一棒:经过透视,他的骶骨上长出一个瘤子。医生说这病是长期在寒冷、潮湿的环境下引发的。此时的王明信多么希望自己健健康康的,但生活又是这般无情。

王明信拿着透视骶骨的片子,呆了良久。他的脑海里又呈现出在恩和哈达工作几年的一幕幕。

他咨询了许多医学专家，得知天津的一家医院能做骶骨手术。

他和家人来到天津，医生对他说："这手术做也可以，但骶骨处的神经多、血管复杂，做不好的话，不是瘫就是要命。"王明信听完后心里凉了半截。坐在医院的长条椅子上，他似乎感受到生命急促的进程，不禁又想起恩和哈达的历历往事和依然工作在恩和哈达的兄弟们。此时他的心出奇平静下来。

他又抱着一线希望来到北京积水潭医院。生活在这里意想不到地转了个弯。中国的骶骨手术权威就在这家医院，数例成功的手术让这里的专家异常自信。但是，这毕竟是一个高难度手术，不怕一万就怕万一。论证会，手术方案，应急准备，医生们忙忙碌碌，一场人与病魔的抗争就要开始了。

手术时，王明信的全身被麻醉了，但他还隐隐约约地听到医生用小斧头打开骨头的清脆的声音，这种声音在他的脑海里慢慢幻化出他带领战士在无人区开辟营地时砍伐树木的声音，他慢慢地睡着了……

睡了很长时间的王明信醒来了，看到灿烂的阳光透过窗棂照进了病房，妻子曲春娇痴痴地看着已经醒来的他，向他柔柔地笑了。

看着妻子略显轻松的脸，王明信在心里默念：感谢有情的恩和哈达，护佑我平平安安。

专业警士阎瑞在恩和哈达森警大队开了9年给养车。九度春秋，阎瑞握着方向盘在生生死死的危险边缘经历了一次又一次生命的洗礼。他似乎把妻子申请离婚、儿子患先天性心脏病那些恼人的事埋在内心深处。他寡言少语，只知道把他的汽车摆弄好，他像一座沉默的大山。

后来，阎瑞在恩和哈达患上一种严重的皮肤病，天气稍变，全身上下肌肤爆皮，异常痒痒，更难熬的是一夜一夜睡不着觉，他的身上到处有他用手挠出的血痕。但每次车出远门时，他都感到有一种情牵系着他，催着他赶快回到这里。

他在部队待了14年，他对恩和哈达有着难以割舍的情感。记得，他对我说："如果组织允许，我愿意在这里干一辈子。"

这片土地融进许多人的心灵深处，这个产生特殊情感的地方，人们不会轻易将其忘却。

森林无战事

恩和哈达森警大队官兵们管护着祖国北疆这方原始森林的护林防火工作。近年来，火灾的频频发生，使森林正以惊人的速度减少着，生态恶化引起沙暴、土地沙化等后果无情地报复着人类。加强绿色生态的保护呼声日益高涨，森林防火越来越被党中央、国务院放在重要议事日程，而作为祖国北部的一片原始森林，更是森林保护中的重中之重，不能有丝毫的闪失。

恩和哈达森警大队的官兵们清楚自己肩上无比重大的责任，那就是保护好这片绿色。让这片绿色永恒，成了大队一代又一代官兵执着的追求。

为了这片绿色，官兵们在训练场上手提风力灭火机摸爬滚打，来回穿梭，声音响彻九霄；模拟防扑火实战演练，三分钟集结，五分钟出发，携带扑火机具无一漏洞，给养自给可达10天。打大火、长时间扑火、远征扑火能力在数次千里驰援外地扑救森林大火中一次次得到验证。恩和哈达森警大队的森林管护区，9年无大火灾发生，数次雷击火被大队官兵以迅雷不及掩耳之势，消灭在萌芽状态。

经济改革的大潮在神州大地上开始涌动的时候，一些投机分子把目光盯在原始森林里。森林里的沙层含金量大，产金量高，偷偷进去淘几个月就可以牟取暴利。许多人心动了，随即铤而走险潜进森林里非法淘金。恩和哈达森警大队官兵，多次出击进行武装"三清"（清山、清沟、清河），有力地打击了一批批非法分子。然而沿河的许多地带因为没有进入通道，犯罪分子就潜伏在里面，见官兵到来，早逃之夭夭。只有沿河"三清"才是最好的打击罪犯的方式。

大队领导阎中华想到漂船。

然而，激流河、额尔古纳河、恩和哈达河均水流湍急、深不可测，加之官兵们在水里撑船本领并非娴熟可靠，战友们都心存疑虑。阎中华也想到了这些，但看到森林植被被大面积破坏，人为火灾隐患得不到彻底根除，他忧心忡忡。作为"森林卫士"如见而不管，那就是渎职。

"漂！"1989年6月6日，阎中华与几名战士带着一袋干粮全副武装出发了。

沿着满归、伊克沙玛、奇乾、乌玛、西口子、恩和哈达一路走来，他们风餐露宿行走670公里，开启森警部队漂船之先河。开始漂时，船因控制不住而撞在树干上，容易在水中打转。坐在船上，他们心里忐忑难安。

在额尔古纳河段上有个谷口叫"鬼门关"，那里不仅是急转弯，而且有深深的旋涡，不少船都在这里撞岩沉没，确实令人心有余悸。快过"关"时，阎中华的额头上已经冒出豆大的汗珠，他睁大眼睛看着前方，手里紧握着船桨。水流越来越快，船速几倍增长，眼看离山岩还有1米左右的距离时，阎中华用最大的力气一桨顶在岩石上。船头没有撞上岩石，顺水飞快而下，终于化险为夷。

经过这次漂流，他们清理了一大批无证进入森林的盲流，并交给有关单位，还捣毁了多处非法淘金分子住的地窖子，没收了多件淘金工具，检查了金矿、森调队等单位。北部原始森林安然无虞，他们竭力创设出一个绿色的和平环境。

光荣与梦想

1993年5月3日，对恩和哈达森警大队的官兵们来说，是一个难忘的、无比激动的日子，时任中华人民共和国林业部部长徐有芳，专门来看望这群为保护绿色而做出显赫贡献的年轻森警官兵。远方传来隆隆的飞机声，这些火场英雄、森林卫士盼着部长来，却又分明感到心跳在加剧，并略显得有些紧张。

徐部长走下飞机，与近百名列队欢迎他的官兵们一一握手。他亲切和蔼，官兵们也变得不那么紧张了。他们很自然地回答了部长关于他们家庭和生活上的问话。徐部长动情地对大队官兵们说："你们是好样的，你们为森警部队争得了荣誉，有你们守护在祖国的北极，我就放心了。"徐部长还挥毫留下了"建文明之师，筑绿色长城"的墨宝勉励这群守在深山丛中默默奉献的官兵们。

飞机呼啸着飞上了湛蓝的天空。部长走了，官兵们久久激动着。

又是一个值得记忆的日子：1995年4月1日，时任恩和森警大队党委书记宋长安，代表近百名官兵走进首都北京，走进庄严雄伟的人民大会堂。作为全国林业系统唯一的代表，宋长安在这次以团中央、公安部等8个部委共同召开的大会上，光荣地披着鲜红的绶带，亲手从时任政协副主席钱正英手里接过写有"青年文明号"的金光闪闪的铜匾。面对鲜花、音乐和掌声，宋长安的心情异常激动。他不禁浮想联翩：党和人民没有忘记恩和哈达森警大队的广大官兵，而且给予这么高规格的荣誉，北京与恩和哈达的距离是那么遥远，却又那么近。我们决不辜负党和人民的重托，把这至高的荣誉当成恩和哈达森警大队官兵新的起点，新的建功北极的动力源泉。从北京回来，宋长安在大队的会议室里把自己进京的感受和所见所闻认真讲给大队官兵，会议室里响起阵阵热烈的、经久不息的掌声。

珍惜荣誉的官兵们陶醉在光荣与梦想中。1992年被林业部授予"北极森林卫士"荣誉称号；1995年被团中央授予全国"青年文明号"，以及内蒙古自治区、内蒙古森警总队的奖励等，足有几百个之多。

在恩和哈达森警大队的荣誉室里，看着里面陈列着大大小小的锦旗、牌匾、奖状和证书。我犹如听到年轻官兵们慷慨激昂的青春誓言。我想，光荣与梦想不仅会伴随着大队官兵们跨入新世纪，更会成为他们永恒的追求。

有人说，荣誉偏爱恩和哈达的森警官兵，但恩和哈达的森警官兵们却说："不是我们偏爱荣誉，而是我们的出色成绩赢得了荣誉。"

尾　声

后来，我从一本专业的地方志里找到了关于恩和哈达这个地名的解释，它是和平、安宁的意思。

历史仿佛早就预测到若干年后会有一支担负特殊使命的森警官兵进驻这里，承担起大森林的和平与安宁，真是惊人的巧合。

"恩和哈达人"不是为了荣誉，却创造了荣誉；不是为了光荣，却拥有了光荣；不是为了梦想，却实现了梦想。

恩和哈达因为有了这个青春群体而拥有了荣誉和辉煌，并且我相信还会创造新的辉煌。

戈壁的风，摇响了那只早已褪色的风铃，"叮当叮当"作响。在这片神秘而又无边无际的戈壁滩上，在这个空寂的世界，这响动是他们青春的声音——

西部风铃

一辆橘红色的"212"吉普车行驶在苍苍茫茫、无边无际的戈壁滩上，犹如一只蠕动着的不太起眼的甲壳虫。吉普车疾驰，扬起一股又一股尘土。

刚进入10月，我们从首府呼和浩特向那遥远的西部进发时，去过戈壁滩的人告诉我："去那里采访，就跟到那里的黑城子考古一样，一脚可以踢出一个文物。"我懂他们的意思，那是个特定的地域，应该有不少常人会感到新鲜的感觉。

在阿拉善盟所在地巴彦浩特，离我们要采访的地点——驻额济纳旗森警中队驻地还有千余公里。时任内蒙古森警总队阿拉善盟大队党委书记苑和对我说："中队官兵住在戈壁滩上，虽然有了卫星接收电视，有了各种文化娱乐用品，有了生活上的基本保障，但还得承认，生活在那里仍然是一种难得的、艰苦的奉献。"

由于路途遥远，大队的一台"212"吉普车车况不太好，他们就借了一辆车。大队长王玉玮陪我们去采访，他在戈壁滩待过6年，让他陪我们是个很好的安排。吉普车在沙石路上不停地颠簸，把我们的心和肺都快颠出来了。王玉玮不善言辞，也只颠出一句话："道路耐走得很，没有头。"不过他的烟倒是一根接一根地抽。

"没有他们可不行"

在额济纳旗，我们见到时任副旗长刘洪贵和林业局局长李得平等，在谈起生态保护的问题时，在这里工作了30多年的刘副旗长告诉我们："额济纳旗古称'居延泽'，是汉唐时期西域通往长安丝绸之路的重要关隘。由于生态破坏，大自然无情地报复人类。这里发现了著名的黑城子、红城子、蓝城子遗址，可能还会发现黄城子、白城子遗址，这些遗址就是最好的证明。"

"特大沙暴连续几年袭击西部地区，这里的河流和湖泊几近干涸，形成片片盐湖。令世人瞩目的'三北'防护林在这里进入最艰难的地段。这些问题很严峻。所以，保护生态、保护绿色已迫在眉睫。"

旗林业局局长李得平给我介绍："戈壁大漠的植物种类已由中华人民共和国成立初期的200多种减少到现在的20多种，种类越来越少了，防风固沙主要靠梭梭、胡杨和红柳。梭梭被称为'沙漠之王'，是一种特别耐干旱、抗风沙的大灌木，人工难以植活，只能靠天然复壮更新，具有重要的防风固沙作用。额济纳旗现在共有梭梭林375万亩，由于几年来人们的生态意识逐渐淡薄，人为破坏不断发生，使沙漠不断向人类推进。"

"那森警官兵控制不了他们?"我问。

"森警驻扎在这里10年了，他们为保护这片我国现存最大面积的梭梭林做出艰苦的努力，没有他们可真不行，也不敢想象啊。"

刘副旗长接着说：“驻额济纳旗森警中队官兵，工作上没说的。我多次到中队，知道他们工作上苦，生活上也苦。他们管护的梭梭林分布在11万平方公里的戈壁荒漠之中。巡护一圈需要风餐露宿近一个月，在荒无人烟的戈壁滩上受饥饿、迷路和沙暴袭击是常有的事。”

　　“梭梭林保护得怎么样？”我问。

　　“他们的工作成绩挺突出的。不久前，来自全国的治沙专家考查了中队管护区的梭梭林后，评价说，在这样的环境中，梭梭的生长能够稳定而没有退化，是个了不起的成绩，这为‘三北’防护林沙漠地区的绿化提供了一个很好的模式。所以，每说起森警中队官兵，我就常说，我这老头子向他们表示深深的敬意。”刘副旗长说。

　　“听说您一直很关心中队官兵？”

　　刘副旗长说：“关心倒谈不上，尽点薄力吧。”

　　身边的王玉玮说：“刘副旗长的小本本上记着咱中队每个人的情况。中队大到部队建设、小到锅碗瓢盆的一些事儿，刘旗长都亲自过问。”

　　“这些年轻后生们为了额济纳人的生存做了那么多事，受了那么多苦，应该受到关心。‘八一’我就准备去慰问他们，没能去成。我正准备这两天去呢。”刘副旗长说。

　　对森警中队官兵，我的脑子里有了些轮廓，我期待早点进入戈壁滩，去了解那个年轻的世界。

　　夜里，在额济纳旗政府招待所，我和王玉玮住在一个房间。在他目不转睛地看国内足联甲级联赛的空隙，我问他：“中队工作挺突出，是不是得了不少荣誉？”

　　“个人和集体的荣誉也有一摞子了。最高的是1992年武警总部授予中队集体二等功。"

"你在戈壁滩总共干了6年，有什么收获吗?"

"收获?谁问起来我就说在戈壁滩待了6年，我把最美好的青春交给了戈壁滩! 这也够自豪的吧。"

"这个付出过，又大大咧咧满不在乎的男人。"我心里想。

戈壁滩上没有路，司机凭自己的印象开车。

吉普车驶出额济纳旗不久，我就激动起来了。我的视野从来没有这样广袤无边过，地平线这个顺嘴说出的词在这儿得到最好的诠释，天与无数躺着的小石头组成的戈壁很自然地融在一起。

远处，巴丹吉林沙漠起伏跌宕，让人惊叹大自然的鬼斧神工。在戈壁滩行驶了近300公里，我们终于看见远方出现了一座方方正正的小营盘，以及营院里齐刷刷冲天的钻天杨树群。在空旷的戈壁，它们显得格外孤独和显眼。

从电台里得到消息的中队官兵已等候在门外，站成齐刷刷的一排欢迎我们，就连中队的两条狗"哈尼"（蒙古语，好伙伴）和"脑音"（蒙古语，老爷子）也在车前车后欢蹦乱跳。

王玉玮跟我说："在这儿见个人稀罕得很，也感到亲呢。"

我很快就把只有两排瓦房的营院转了一遭。我看到他们绑在杨树上的铁圈，知道一定是充当篮球筐的；营房、杨树、无尽头的戈壁，一种单调与孤寂的感觉在我的心中滋生。

无意中，我瞟见房檐下一串早已褪色的风铃挂在那里，在戈壁风的吹拂下，轻轻摇动，发出清脆悦耳的响声。声音轻脆，我有种莫名的感动。

我问王玉玮风铃的来历，他说："挂了有好几年了，是一位战士探亲带回来的，挂在这里一直没有人动。每次听见它的响声，我们心里就很踏实。"

在这片神秘而又无边无际的戈壁滩上，在这个空寂的世界，我觉着这风铃是他们青春岁月的风铃，这风铃声是他们青春的声音。坐到屋里，我问王玉玮："在这儿干了好几年，你是不是对这里很有感情？"

"怎么说呢？"王玉玮说，"1991年夏天，我到兰州购买电视卫星接收器，订完货就等着汇款，等了一个星期。每天，我就坐在马路边的路牙子上，看来回奔驰的各色车辆，看女人身上色彩飘逸的裙子，看男人身上板正的西服。那些天，我满眼外边的精彩，一想到这寂寞单调的戈壁滩，我一分钟也不愿意待了。"

"可你又继续在这儿干了几年。"我说。

"人有时也不知是怎么了。一回到这戈壁滩，我的心境又平稳了，出去巡护一走就半个多月，苦吃多了，干得挺有劲头，还真懒得出去经历那纷杂喧嚣的世界了。"

晚上，电灯很早就熄灭了，戈壁大漠的冷月高悬，月光漏进屋里。这时，王玉玮从外面进来了，说："咱们的发电机坏了，这里40多天没有电了，这电是从空军处刚接过来的，不时就会停电。"

他很利索地钻进被窝，床"吱嘎、吱嘎"叫了几声后平静了。我以为他睡了。

"采访得怎么样？"他冷不丁地问我。

"战士们都说不出个啥来。"

"在这儿当3年兵都当傻了，出去后不仅反应有些迟钝，说话有时也跟不上，他们的想法也很奇怪。这个我深有感触。"

"这儿有个士兵叫布和朝鲁，前年底复员了。他是本地兵，没有走出过家乡。他当兵走四方的梦没有圆成，一直在这戈壁滩待了3年，临复员，他向部队提出一个要求。"

"你猜是什么?"

"入党?立功?"

"都不是，他要坐一次火车，他还从来没有坐过火车呢。他复员，家就在本地也用不着坐火车。当时我一听心里有股说不出的难受。大队党委把他的要求当成一回事研究了一番，决定让我带这名战士去坐火车。我带他从酒泉到武威，又到兰州。他付出挺多，需要的却只是坐一趟火车。"王玉玮感慨地说。

在与刘副旗长带的慰问小组的联欢会上，中士巴图演唱的《蓝色的故乡》给我留下很深的印象。见他一人在大门外溜达，我走过去问他："你的歌唱得真不错，怎么学的?"

"我从小崇拜德德玛，她唱的歌，像《蓝色的故乡》《父亲》《我的母亲》，我都能唱，没当兵前在草原上我也小有名气。"巴图用生硬的汉语对我说。

"来部队我一个想学汉字，一个想发展唱歌，在这戈壁滩学汉字倒学得不少，唱歌没有条件。我想走腾格尔那样的演唱路，也不好实现了。没事的时候自己站到戈壁滩上唱给自己听。"

"学了多少汉字?"

"3000多吧。"

"3000?"我怀疑道。

"反正一般的字我都能认识。"他搪塞道。

我笑了笑。

"我们有'梭梭品质'"

在上尉指导员郭占平的办公室，我问他："中队官兵的苦主要体现在什么地方？"

"这里常年干旱少雨，年平均降水量37毫米，蒸发量却是降水量的100多倍。这风一年从春刮到冬，门前就是巴丹吉林沙漠，沙尘暴经常刮起。生存环境的恶劣，使我们常年手脚暴皮，嘴唇干裂，大便燥结，流鼻血更是常有的事。这儿的水质不好，饮用时间长了，不少战士牙齿变黄、脱发，有的骨质也发生了病变。"

"那战士们面对这样艰苦的自然条件能安心吗？"

"我们有'梭梭品质'。"

"梭梭品质？"我感到新鲜。

"当地人赞美梭梭树在戈壁大漠生长百年不死，死后百年不倒，倒后百年不烂。我们把这归纳成'梭梭品质'，用它教育鼓舞一茬又一茬官兵。"

上士郭奎春开的一辆吉普带斗车是中队官兵的生命线，是戈壁滩与外界联系的重要工具。中队不少战士告诉我："在戈壁大漠，开车得经历生与死的考验。"

我问郭奎春："在这儿开车是不是感受很深？"

"出去一次能安全回来真是谢天谢地了。白天在戈壁滩开车有些自然标记可辨方向，加上熟悉，基本能顺利找回中队。天一黑就完了，十有八九迷路。去年5月我买给养返回时，遇上了沙尘暴，天地间黑压压的沙尘推过来了，什么都看不见了，气温也急剧下降，我不敢乱走了。身子越来越冷，我不敢轰油取暖，因为油耗尽的话在这么大的戈壁滩只能等死。"

"后来怎么样？"

"我在车里蜷缩着，很害怕，觉着离死挺近，还写了遗书。我一夜没敢合眼，眼睁睁等着东方发亮。太阳终于出来了，很暖和，我禁不住眼里涌出泪水。我下车一看，沙石子把车上的漆打掉了。新新的吉普车成了迷彩车。"

戴着列兵军衔的新兵严庆贵对我说："郭奎春班长平时很爱护车，没事时老修理。有时这车也有个性，任你怎么修就是爬窝不动。给养要是断了，我这当炊事员的，只有一顿接着一顿让官兵们喝疙瘩汤。几天不吃菜的滋味太不好受了。"

我问严庆贵适不适应这里。

"刚来时最害怕刮大风。风一刮沙就起，我们连睡觉也得捂着湿毛巾。风刮完了，屋里到处都是厚厚的沙子，开门一看，门前刮来的一堆沙子几车也拉不完。不过现在差不多也习惯了。"

傍晚，夕阳掉进地平线，天际的余晖把平展展的戈壁映照得很好看。我与王玉玮漫无目的地行走在戈壁滩上。我问王玉玮："这段长长的戈壁生活给了你人生什么样的影响？"

"活着真好！"

"1990年秋天的一个下午，我们发现一辆装满盗伐梭梭树的拖拉机。我带一名战士很快就追上了拖拉机。那车主见是森警来了，就没命地逃跑。我俩都爬上了车，然后我钻到驾驶室里与不法分子争夺方向盘。他们用铁工具砸我，我没有退缩，在争斗中车翻了。我醒来，觉着头上和脸上湿乎乎的，一摸全是血。我挣扎着从翻着的驾驶室爬出来，见那名战士在远处躺着，他被滚落的梭梭柴砸伤了腿。我坐在戈壁滩上点了支烟，有滋有味地抽着。蓝蓝的天穹，布满了亮晶晶的星星，我看着入神。还是活着好。我那时候想。"

"还有一次我与排长郑志云去堵截不法分子。返回时迷路了，乱跑了几百里路，车快没油了就停下了。夜深了，我俩都披着车座上的毛巾，还直哆嗦。烟抽完了，我俩就分别从两边车门的烟灰缸里拿烟屁抽。我们每点着一个烟屁都争相品出是什么烟，'良友''石林''红塔山'……那晚的烟抽得最香。那种感觉现在很难找到。"

"看来，在最苦难的时候心最容易满足，并且满足得很惬意，对不对？"我问他。

"没错，你说得一点也不错。"王玉玮像找到知己似的连声答道。

霓云隐去了。夜幔儿降下了。我看到那座孤独的营盘里有了电灯的亮光。

王玉玮好像在思考什么，过好大一会儿后，他问我："我们这群人，在戈壁滩的几年时光算不算活得很有质量？"

"当然！"我不假思索，但是我觉着我的回答没有一点恭维。

"这儿就是我们的家"

在炊事班，我见志愿兵秦瑞峰很利索地做出七八个小咸菜，我尝了尝觉着味挺好，就问他："你现在考证了没有？"

"我有个三级厨师证。"

他边说边把柴火塞进灶膛，一股烟冒出来呛得他直揉眼睛。

我见他忙，就离开了。

下午在院里，我听到后排没人住的房子里传出拉锯声。我走过去一看，是秦瑞峰在干木器活，屋里扔满了破烂的窗框和散了架的破桌子。他娴熟地把锯好的三合板钉在一张桌斗的后面，又拿刨子把桌面刨平，漆被刨掉了，露出白色桌面。

"你还有这手艺？"我问。

"在家时学过两年，没学精。中队没人收拾的破桌椅板凳，我没事就修补修补，也没人嫌咱的手艺孬。"

"你挺有主人翁思想。"我说他。

他说："不光我，我们中队的人都有这种思想，谁能干啥就干啥，这儿就是我们的家。我们也都应该这样。"

接触排长张英超，我感受到一股新鲜气息。

张英超说："对我来说，世外桃源并不是好山好水，而是这戈壁滩。我年轻，我不怕苦，所以去年警校毕业时我主动要求来到戈壁滩。有人说我到这里为了镀层金，随他们怎么想吧。反正我很珍惜这个机会，在这里苦也要苦出个样子来。"

对于张英超我早已听王玉玮给我介绍过，说他确实是个能干的人。

他和战士从远处的房屋废墟捡回几万块砖头，铺平了营院的地面；在中队俱乐部，我看到他和战士用水泥白瓷砖精心制作的象棋盘、围棋盘、跳棋盘、军棋盘和对峙者的座位，很别致。确实别出心裁。

听说张英超带领战士在戈壁滩首次建起了塑料暖棚，我很好奇。我这个摄影的"老外"，拿着尼康相机，来营房东侧的塑料暖棚前想拍张照片。张英超正好从大棚出来，见是我，指着大棚自豪地说："里面种着香菜、黄瓜、芹菜、蒜薹、辣椒、油菜等十多种菜，菜苗都长得挺高。冬天我们就能在戈壁滩吃上自己种出来的新鲜蔬菜了。"

我走进大棚，里面温度很高，水蒸气不停地从顶上往下落。我看一畦一畦不同品种的绿菜苗确实长得很高了，但看上去都蔫不拉唧的。我问张英超原因，他说："我也在思谋，还没找到原因。"

我在暖棚里琢磨了一会儿，终于找到了症结。

"暖棚后墙没有留气孔，留几个气孔，晚上再堵住，保证没问题。现在空气不流通，气温高，菜苗就这样子了。"我对张英超说。

张英超听了觉着有道理，便点点头。

见到王玉玮，我问他建大棚的情况。

"建这个大棚可真不容易啊！"王玉玮对我说，"张排长和战士们吃的苦也不知道有多少。这大棚里的黄土是他们从几百里外一点一点拉回来的。垒大棚后墙的几千块砖也是他们一块一块捡回来的。夏天的戈壁暑热难忍，他们就早晨5点钟起来干，中午过后再接着干。为了赶进度，他们干脆中午也不停了。中午他们都穿着大裤衩，顶着戈壁滩40多度的高温干活。菜种上了，又一桶一桶提水浇，在外面需要一分力气的活儿，在这需要十分才能干好。"

"冬天快来了，他们那时可以吃上他们自己种的青菜。当然，对他们来说，这意义远不是只有这些。"王玉玮自豪地说。

营院里的训练场旁，10棵大兴安岭小油松一字排开，油松的枝丫变得枯黄。我知道，娇气的油松不适应在戈壁滩上生存。

主管中队工作的代副大队长辛悦国告诉我一个关于油松的感人故事。

"战士裴东升来到戈壁滩服役。他看这里荒无人烟，缺少绿色，就产生了让家乡大兴安岭的松树来这戈壁滩扎根的念头。"

"六七千里地，这梦也不好圆吧?"我问。

"他给家里连续去了几封信，终于打动了他的父亲。老人从当地苗圃买了10棵松树苗，用塑料布把树头和树根包了一层又一层，用麻袋装好就上路了。老人从东北出发，辗转坐火车先到呼和浩特，再坐火车倒汽车来到巴彦浩特，共走了七天，离中队驻地还有1000公里。我正好同老人一起从大队回中队。路上，老人心急火燎，怕树苗活不成，不断请求司机尽量快点开，并许诺多给司机100元。他在路上还不时替客车司机开上一程。车胎爆了，他就爬到车底帮着换胎，客车愣是没有停，一直开到额旗。"

"我也知道这戈壁滩不适合油松生存，为这我在旗里请教了不少专家，也没能找到好办法。但这是一个战士们和他父亲两代人的心血。"辛悦国说，"说不定奇迹还会出现呢。我带战士从百里外找来好土，把树栽好。战士们每天都轮流提水给小松树浇水，就怕委屈了它们，大家都希望小松树在戈壁滩扎根。"

"战士们有这心就很难得了。"我感慨地说。

后来，我与裴东升谈起他父亲几千里送树苗的事，他轻描淡写地对我说："这也没什么，我只是想把我的生活环境改善一点。"

我遗憾地对裴东升说："没想到小松树在这里不好成活。"

"树活不成，人也没办法。"裴东升说，"只要咱们有与艰苦环境做斗争的信心，就什么也不怕。是不是?"

"这戈壁滩也给了我们许多"

在戈壁滩散步时，我喜欢上了戈壁滩上小小的戈壁石。

红得热烈，白得如玉，每一种色彩都会让人怦然心动。你的思维可以一任驰骋，把奇特形状的石头抽象成自己的所想。

我捡了好几十块，满心收获。

我捧着这些石头对王玉玮说："看来这戈壁滩不仅仅只有严酷的一面，也有浪漫的一面，比如这石头。"

"我得承认，这戈壁滩也给了我们许多。这是一些内在的、无形的，也是非常珍贵的东西。"

我对他的这个话题很感兴趣，我要找找这个不可言说的"东西"是什么。

班长赵和今年就要复员了，我让他谈谈他对这戈壁滩的感受，他说："开始来到这里一看，比想象中的条件还差。我自己跑到外面，站在戈壁滩上哇哇哭了好几次，现在想起来觉着挺好笑。"

"为什么?"我问。

"我逐渐感觉到哭一点作用也不起，关键是自己怎么能学会适应这个环境。有了这个想法后，我一点一点学会适应。许多以前不会做的事，我学会了；以前没有受的苦，我也能受了。我觉着这种适应对我以后的人生也会有很大的帮助。"

"现在遇到事情你是什么态度?"

"最起码敢勇敢面对。"

"那你在这儿3年应该说没有白待？"

"何止呢。说起来我得感谢这戈壁滩。我常想，假如我到一座繁华城市而不是这里，或许我只学会了攀比时髦和享受，只会胆怯地面对困难呢。"

"今年年初，我回锡林浩特市探亲，我以前的好朋友和同学们给我张罗了几次聚会。言谈中除了怀旧，他们更多的话题是家庭如何了，老爸如何了等，炫耀他们的优越条件。我听着就不大舒服。但从他们的言谈中我更找到了自己。靠自己，我将来一定有所发展的。"

我深深地为他的话点了点头。

在中队待的几天，我一直想拍几张理想的照片，但因经验太少，还未能如愿。在营院门前我看到王玉玮恰好站在"献身戈壁"几个大字前，他的身体也正好挡住了那个"身"字，我说"别动"，"咔嚓"按下了快门。我觉着这是个很好的创意。

临走那天上午，张英超要带战士们去巡护梭梭林，我也跟着去了。

我见到了梭梭树，也看到了在林中艰难穿行的森警官兵的那份执着。

我胡乱地按下相机快门。

车又颠簸在戈壁滩上。在车里，我细心品味着中队黑板报上那首诗：

从森林走进沙漠的边缘/没有种子/就请把你的心埋在那里/沙漠获得心脏/才会获得绿色灵魂。

我读懂了这首诗，也读懂了西部戈壁滩上这群人的热乎乎的心。

北方有个小木屋

　　遥远的北方的原始森林腹地的疙瘩山上有一座平平常常的小木屋，只因那方方正正的小木屋里盛满了让人心里升腾热浪的事，小木屋就被人们常提起、常牵挂在心里。

　　原始森林里的小木屋，跟它周围的原始韵味很般配，在直向蓝天的松树下，它显得淳朴而又敦实。尖尖的木屋顶、又粗又圆的松材摞成的墙围和屋里的简易木床和方桌，如不见屋顶上的烟囱里冒出淡蓝色的灶火烟给小木屋增添了几分生动的话，真还以为走进了肃穆恬然的原始森林。

　　走进小木屋，我们仿佛走进了童话世界，但这里的生活环境和不可思议的生活意境，却远没有童话世界里的那种新奇和美好。在那空间不大的小木屋里，我们寻找到这里离有人烟的地界只不过几十里路但远离现代文明而与世隔绝的缘由；小木屋和小木屋里住的主人的经历，使我们的整个身心被热辣辣的心潮冲撞了一回又一回，眼眶里不时涌出湿乎乎的感动。

　　小木屋是内蒙古森警部队在祖国最北部这片原始森林里防火的重要设施

之一，郁郁葱葱、没边没沿的松树们，使小木屋与外界有了深厚的隔膜，所以小木屋就与"丰富多彩"这类鲜亮的词无缘了。每年到了防火期（春季和秋季各3个月），会有3名森警战士来到小木屋住下。每天到小木屋附近的高高的瞭望塔上观察森林有无火情，也就在这盛产寂寞和无聊的小木屋里过起守卫森林的岁月。

关于小木屋和存档在小木屋里的故事，就从内蒙古哲里木盟（现通辽市）科尔沁左翼后旗22岁的王峻岭和同是黑龙江建三江籍21岁的胡洪海、王金波，今年初春离开部队来小木屋执勤的送别场面开始吧。

对于安格林森警中队的官兵来说，每送一次去小木屋执勤的战友，都要历经一次情感的震撼。去小木屋虽非赴有隆隆枪炮声和硝烟弥漫的战场，但中队的官兵们谁都知道去小木屋就意味着要接受常人难以接受的挑战，就意味着与寂寞和单调混迹在一处。所以，每次送3名去小木屋执勤的战士，是中队所有官兵最激动、最心酸，也最难忘的。

中队送行的队伍从早晨太阳升起时出发，急行军两三个钟头抵达小木屋。40多名官兵有的扛床，有的拿锅碗瓢盆，每人拿着一件为3名执勤战士在小木屋过日子需要的生活用品。送行官兵在森林里跨横杆、爬山坡、过沼泽，踏着森林里海绵般厚厚的落叶层，40多人在树隙间形成长长弯弯的蛇状。待走到小木屋时，人人气喘吁吁，身上的衣服都被汗水浸透了，鞋里灌进带有臭味的积水。

来到小木屋后，送行的官兵们顾不上多喘一会儿气，就忙着劈柈子、打扫小木屋、安置生活用品，忙忙乎乎干上半天，帮助留下的3名战士把需要干一个星期的活儿都干完了，接下来就是目不忍睹的分别场面了。

40多名官兵站成齐刷刷的一队，面向小木屋檐下的3名留守战士，敬了一个军礼。这时候，3名留守战士的心里怪难受的，他们面对的是中队党支部和中队官兵那含着信任、理解和崇敬的军礼，面对的还有那一眼望不到边的孤独的日子。他们向那40多名战友还礼时，脸上还挤出生硬的笑容。

送行的中队官兵一一同3名留守战士握手告别，握手时，都暗暗使足了劲。送行的队伍沿着来路返回，留守的3名战士送出一段又一段，嘴里老是喊"再见"，脚却不停地往前迈。中队长宋双毅见状，就把情感窝在心里，大声命令3名留守战士停止前行，3名战士这才站住脚。

人影消失在葱郁的绿色枝丫中，3名留守战士还呆呆地望了老半天。

他们在森林里瞭望的日子就这样拉开了帷幕。

小木屋落脚在半山坡上，附近都找不到可喝的、清亮亮的水。他们就在小木屋周围挖了3个尺把深的小坑。不多会儿，茶色的化雪水和雨水就渗了出来。他们又洗脸又刷牙，这比初春冰雪没融化时打碎硬邦邦的冰块化水省劲多了。

翌日，他们分别去自己挖的小坑里舀水，看见水坑里飘满了一层密密匝匝不知名的小虫和枯叶，见状，他们的肠胃都直往外翻。他们见状就离开小水坑，到远处吐上一阵子唾沫。半日后，他们就又来到水坑边，用撕来的一块蚊帐布把小坑里的水过滤一遍，然后咬咬牙深吸口气，把水舀进锅里烧饭。

因为个把月才有人给小木屋背来些给养，他们的伙食除了每天一顿的大萝卜菜还好下咽，剩下的拌疙瘩汤、喝米粥就咸菜、大酱就米饭越吃越乏味。每到这会儿，他们总是闭目咀嚼前段日子张海龙副中队长钓到的两条大鱼的鲜美滋味，这难咽的一口又一口的饭就吃进去了。

森林不像远离森林的人们所想象的那样。仿佛夜里可以听到阵阵松涛有气势的鸣响，他们就能享受到大自然动听的、低沉的哼唱，既陶醉又舒展。实际上静夜里突然出现老鸹瘆人的鸣叫，听到鬼哭狼嚎的声音和黑熊的拍门声时，小木屋立马就充斥着吓人的恐惧。他们觉察到自己身上浸出冷汗，颤巍巍地把枪里的子弹推上膛，一直坚持到天亮。有时在漆黑的夜晚到小木屋外解手，看见远处高低粗细各不同的树墩子，像狼像熊像鬼魅，就顾不上方便了，急窜回小屋，一直憋到天亮。

从北方天气转暖开始，森林里便飞满了特大的瞎蒙子、蚊子和小咬，一群又一群。他们躺下休息时，小动物们就开始不停地向他们进攻。他们在床上辗转翻滚，10个手指头在身上像耙子似的来回抓挠，竟抓得满身血痂。有一晚，王金波到小木屋外解手，回来一摸屁股，上面已被叮出14个大包，那痒的滋味直让他心烦意乱。每晚等小动物们吃饱喝足隐退后，已到凌晨2点多钟，此时表现积极的太阳早抛头露面了。

小木屋没有电，因此缺少了电视画面和动听的音乐。当外面世界的霓虹疯闪，节奏明快的音乐铺天盖地卷来，生活在其间的年轻人没精打采轻轻叹息时，他们上小木屋时带的一捆报纸和一本有香港歌手郭富城的歌曲集，时间不长就被他们看腻了。当寂寞又走来时，他们就放开嗓子吼歌，或在象棋盘上厮杀。吼够了，争烦了，便觉着一分一秒的时光着实难打发，盘腿坐在床板上唠家常，唠家里人、唠女朋友、唠影星……等没啥可唠的时，就沉默半天，之后就到小木屋外看蚂蚁搬家，看小动物爬行，就一齐向2公里外的山顶上狂奔，再一气儿爬上百米高的瞭望塔用望远镜观察远近森林，看有没有火情。日子就这样一天一天挪动着，待打发无聊的种种手段用尽了，他们就又翻开翻过的报纸和那本有郭富城头像的歌曲集。翻了一遍又一遍后，他们就记住了报纸上的每篇文章和歌曲集上的哪一首歌在哪一页。很多时候，他们登上直插云霄的瞭望塔，看郁郁葱葱、色彩深浅不同的松树和远处的千山万壑，他们的心情就明朗许多。在高高的瞭望塔上吼上几句诸如"爱上一个不回家的人"之类的歌词，顿时把寂寞推得远远的。

平淡寂寞的日子过去后，他们突然想到了信，心境顿时被一个新的希望填满了。他们就用电台和中队沟通，汇报一下工作，急着问有没有信。失望了一阵子后，他们就转守为攻，给战友、给爹妈、给朋友，给能写信的人写上一阵子信，说森林里的故事，希望他们见信后一定要多回信。这一刻，他们的眼眶就禁不住湿乎乎的。他们屡屡在信背面写上见信速归，但信只在希望里出现，真正见到信可能还要很长的时间。

那年4月末，中队指导员李冰专程到小木屋看望他们。走到半路上，他发现身上的汗把口袋里的信洇湿了，他懂得这信对小木屋里的3名战士意味着什么，这可是他们最大的精神寄托啊！他不敢把信揣在口袋里，而是用手捏着边走边吹。当他走到小木屋时，信被吹干了，几个信封上留下一个个凹凸的皱迹，留下李指导员对小屋里3名战士的爱。

李指导员走后，他们谁也舍不得拿出信来看，实在憋不住了，就从口袋里慢慢掏出、慢慢撕开、慢慢读。这之后的一段日子里，他们一天把信掏出来读一遍，直到能一字不差地把信的内容全部储存在脑海里，就交流着读别人的信，最后几封信的信瓤折叠处都烂了，才小心地夹在笔记本里。之后，他们继续同中队电台沟通问有没有信。他们每次围在电台旁时都张着希望的翅膀，当听到中队那边没有信的答复后，他们才郁郁地看着小木屋外高耸入云的松树杆，接着便晃着脑袋吹起了口哨，口哨声弥漫开来。

后来，达子香开了，紫色小花争相显示自己的好看，大森林深处便也生动了许多，他们每人移上一抱，栽在小木屋前，再找几根细松木杆把皮剥了，搭成栅栏围着小木屋，然后他们走远回头看看小木屋和小木屋前新添的物件，再闻闻达子香的可人味儿，就如置身一幅油画一样。

其中一位此时拿出笛子，吹响了好听的曲儿，悠扬的声音就在森林里飘出老远。

随着笛声，他们眼前幻化成与父母姐妹等一起时的场面；笛声没了，他们已是泪满双眼……

小木屋的日子充满了苦涩，但住过小木屋的40多茬人，都忘不了那一段有滋味的日子。在不遂心的时候，回味一番住小木屋时的经历，心里的郁境便很快消失了。

其实，住小木屋的那段日子，是待过小木屋的人一生中难以忘怀的精神食粮。

感谢小木屋

　　1994年"4·16"红花尔基松林发生特大火灾时，我所在的内蒙古森警总队新闻工作站的两位同事，直飞火场采访森警官兵奋力救火的感人场面。我因种种原因只搭上了去火场的"末班车"。

　　来到距火场不远的海拉尔市，发现上至中央级新闻单位、下至盟市级新闻单位的记者们已差不多把新闻"挖"得干干净净。新闻单位的记者都有自己发稿的优势，关于扑救特大火灾的新闻，我一字也未采写，心里难免为未能对这次重大新闻报道而感到难过。

　　为了不枉跑几千里路，我想到基层部队去采访。于是，我就同新闻工作站站长牛志明、干事于利彬从海拉尔市出发，向祖国最北端行进。车上，牛站长和于干事不断地向我讲基层部队的新闻轶事。他俩一讲起来就滔滔不绝，我越听越津津有味。当他们说到驻在北部原始森林中的安格林森警中队，每年春秋期间，都要派3名战士到远离人烟的森林腹地的小木屋进行几个月的防火瞭望的艰苦事迹时，我听得感动不已。就这样，一座小木屋和小木屋里发生的故事就牢牢地占据着我的心。

从此，我便有意识地把两位同行的话题往小木屋引。待千里路程走完后，我对小木屋那个特殊的环境和战士们无私的奉献有了大概的了解。

辗转来到安格林森警中队后，我立即缠着指导员李冰，从他嘴里挖掘鲜活的故事。李指导员帮我召集在小木屋里待过的战士一起座谈，使我的采访本上增添了不少精彩之处。接着，我又同两位同行到原始森林腹地的小木屋实地采访。来到小木屋，日头已高居中天，我们每个人的脸上流满了湿漉漉的汗水，我们没敢多休息，就对住在小木屋的3名战士开始轮番"轰炸"。先摄影、摄像，之后轮到我进行文字采访。接着，我们又爬上2000多米远的直陡陡的山坡，来到战士们每天观察火情的高高的瞭望塔上，意外地体验到战士们登上直插云霄的瞭望塔，看郁郁葱葱、色彩深浅不同的森林和远处的千山万壑时的心境。

傍晚，我们一行原路返回安格林森警中队。大家都疲惫地躺在床上甜甜地睡去了。我虽感双腿疼痛，却无倦意。我知道，是住在小木屋的战士们看似平凡却又极不平凡的事迹在驱动着我的热情。他们的奉献不次于战场上冲锋陷阵的英雄，我要让更多的人知道绿色生态保护之不易，一方平安离不开众多像他们一样默默奉献的森警战士，所以我写下了这样几句话："小木屋的日子充满了苦涩，但住过小木屋的40多茬人，都忘不了那一段有滋味的日子。"

由于我素材搜集得比较充分，又到实地进行采访，近5000字的《北方有个小木屋》一稿一气呵成。当我为此文画上句号时，已是午夜2点多钟了。

稿子发出后，中央人民广播电台《军事生活》栏目全文播出，并荣获"军人与祖国"征文奖。之后，《中国青年报》、《中国林业报》（现更名为《中国绿色时报》）、《中国林业》、《五月风》相继登载，1995年1月又被《读者》杂志摘转，多年被北京市五年级《语文》教科书选录。

最幸福的幸福树

什么是最幸福的幸福树？

是哦，什么是最幸福的幸福树呢？

在穿越巴丹吉林空旷无边的戈壁时，看到一棵孤树篷天而起，浑圆傲然生长着，它的绿意装点着沙黄，给戈壁带来生机和希望。这棵生命力极强的孤树，在沙漠戈壁上展现出自己绝无仅有的"最幸福"。

来到没有边际的大兴安岭，我看到松树和白桦手拉着手，结成一个庞大而恢宏的绿色方阵。我听到树们发出低沉而好听的松涛声和噼里啪啦的疯长声。它们都快乐着，幸福着自己的幸福。

思绪转到科尔沁沙地，一棵棵沙柳扭曲着，抗争着，呐喊着，粗壮的树干舞蹈似的曲曲弯弯伸向天际。在科尔沁沙地这块生命的禁地上，树能活着就是一种福分。

映现在我们眼帘的那些树丫和叶片，在阳光下随风舞动，沐浴着一份朴实的幸福……

能活着和生长的树，就是幸福树。那些枯黄和夭折的树，也是饱含深情死去的，因为幸福树的幸福还包含着另外一种意义上的内容。它不是与树的生长条件和地理环境相联系在一起的，而是与一个群体紧密相关的。

一支为树而诞生的部队，从20世纪40年代末期的抗日大军中分支出来到大兴安岭深处。如今，在白山黑水间，在辽远的内蒙古，在多彩的云南，在遥远的新疆、西藏等地，都有他们的足迹。

有树的地方就有森林部队。武警森林部队因树而成，因树而大。森林官兵心灵的岭地上都长满了蓬勃的森林。

时光倥偬，森林官兵为树而演唱，为树而黯然，为树而蹈火，为树而绝生。

树沉浸在他们的灵魂深处，树成了他们生命的伴侣，自然也就有了许许多多他们与树的故事。

这是一封沉甸甸的信。

战士裴东升把信交给去往六七百里之外的额济纳旗拉给养的老兵司机。

汽车在戈壁尽头越来越小，直至在小裴的视野里消失了，他还站在那里怔怔地远望。

他扭过脸，让目光穿越面前这片叫巴丹吉林的沙漠，此时沙漠显示了它的妩媚与壮美：起伏的沙岭形状各异，犹如静止的惊涛骇浪；风在漠岭上留下了印记，一缕一缕的沙纹犹如水中的涟漪；柔美的晨曦这会儿给漠地铺上一层层薄薄的金黄。"真美啊！"小裴似乎忘记了这片死亡之海的阴险，发出由衷的感叹。

片刻的沉醉后，小裴又想起自己写给父亲的信。

在信里，他说自己所在的额济纳森林中队，只栽活了几十棵杨树，中队官兵只有在夏天才能看到绿色。官兵们守护的沙漠梭梭树，也只是在夏天才会有绿。冬天在戈壁滩上见到绿也只是梦里的事情。他还说读不到家信不知道外界的事情可以忍着，但在戈壁大漠看不到绿色却是在忍受痛苦的折磨。他请求在大兴安岭一个林业局苗圃工作的父亲给中队送来一些四季常青的樟子松树苗。

小裴50多岁的父亲在一本用得发黄的地图册上画了一条曲线。从大兴安岭岭北到内蒙古最西部巴丹吉林沙漠，按地图比例粗略计算，也有4000多公里的路程。"真是远啊！"老人发愁地自语道。

但为了儿子、也为了和儿子一样年轻的部队娃娃们的梦，老人从苗圃中选了30多棵壮实的樟子松树苗，放在透气的纸箱里，又用麻袋包装后，开始了他的西部之行。

头发花白的老人先坐汽车又换火车，再坐火车又换汽车，一走就是6个昼夜。连续的奔波，使老人的眼里布满了血丝，时时刻刻显示了体力不支的倦姿。来到戈壁小镇额济纳旗，路就到了尽头。这里离儿子的部队还有300多公里。老人在当地热心人的帮助下，终于搭乘戈壁油田的大板车来到中队。中队官兵看着老人送来的樟子松树苗，泪水禁不住流出眼眶。"敬礼！"中队指导员喊道。官兵们齐刷刷地举起了右手，共同向老人致以庄重的军礼。中队官兵从很远的地方拉回黄土，在老人的帮助下，四季常青的大兴安岭的樟子松树，终于在这遥远的戈壁安了家。大漠戈壁水源奇缺，就连含氟量极高的水也要到很远的地方去拉。浅浅的一点盆底水，官兵们都要用上好几遍。他们甚至觉得洗头浪费水，都理成了清一色的光头。打来小半盆水后，他们先洗脸，洗完脸洗脚，洗完脚再洗衣服，洗完衣服的水再倒进小樟子松树的树坑里。怕洗衣粉和香皂水浇树碱性大，官兵们只好舍去洗涤用品，用清水洗脸、洗衣服。

日复一日，官兵们每天都给小樟子松浇上生命之水。每次完成了巡护堵卡任务，官兵们都会站在小樟子松树旁，看随漠风摇曳的那饱含浓浓爱心的绿色。转眼间，3个多月过去了。这时，官兵们发现小樟子松树的一些针叶出现了枯黄。随之，枯黄的针叶越来越多，最后都变成了枯黄。

一棵棵小樟子松树都死掉了。官兵们一下子接受不了这个现实，很长时间沉闷无语。小裴坐在坑埂上呜呜地哭了起来。

中队官兵把一棵棵樟子松树刨了出来。他们在离营房数百米远的戈壁滩上，挖了一个方方正正的坑。虽然，戈壁木材奇缺，但官兵们舍不得烧掉这些枯树。他们轻轻地把一棵棵樟子松枯树放进坑里，用沙石土掩上。官兵们还在葬树的土堆上立了一块木碑，碑上刻上一行字：樟子松树长青。

到给养车又要到外面拉给养时，小裴又给父亲写了封信：

爸爸：

您好!

您离开部队已经有6个多月了。虽然现在已经入冬，但今年的冬天与以前寂寞的冬天不同，因为您送来的樟子松树的绿色会陪伴着我们……

西藏歌谣

之前，每当我翻看《人民日报》《解放军报》《解放军文艺》《散文》等报刊时，总能看到党益民这个名字，以至于后来发展到很喜欢读他的作品。

党益民的作品选材是独特的，他的作品里充满了令人盈泪、令人震撼的真感情。不久前，在北京参加武警警种部队报告文学审稿会时，恰逢党益民兄，也知道了他的一些创作情况：这些年，党益民不仅出版了长篇小说《藏光》《戴子弹项链的女孩》，而且还出版了这本带着墨香的《西藏，灵魂的栖息地》，可谓创作颇丰。现在，他不仅是中国作家协会会员、巴金文学研究会创作员，还身兼《中国交通报》《人民武警报》记者，写出大量的新闻作品。他的勤奋可见一斑。

当他在这本20多万字的散文集扉页写上"新平小弟雅正"几个遒劲飘逸的字后，我便迫不及待地拿着书回到宾馆房间细读起来。五六个小时过去了，我虽然辗转反侧，但书本始终没有离开手，我的眼睛始终没有离开那看上去清新无华却攫人心灵的文字。《西藏，灵魂的栖息地》作为这本散文集的首篇，曾经被《散文》杂志刊载于1996年第10期作为开篇之作，我早已经拜读过。我羡慕他有过这样的经历和心路历程：我读了十几年西藏，还没有读懂，但有一点我很清楚：

当我被世俗的观念压得喘不过气来的时候，当我的灵魂一碰即碎的时候，当我被势利的目光刺穿心肺的时候，当我想哭没有泪、想笑笑不出来的时候，我就想到了西藏，想上西藏走一走……

党益民把神秘遥远的西藏当成令之向往的圣地，当成灵魂的栖息地。他用细腻、自然的笔锋，把读者的心牵引到高原，与他共享高原的阳光，高原的风，高原的格桑花，让人产生强烈的震颤。

党益民是武警交通部队的军旅作家，他所有的作品主题都是反映交通部队官兵的。每年，他都远涉万里穿越西藏，在官兵们劈山架桥的第一线，呼吸着稀薄的空气，采访、感受、感悟、思考、沉淀，有了这样的过程，他的文学作品里就自然而然地显得厚重有力，充满了深层次的理性和哲学思考。他的这本散文集里的众多篇章是写交通部队官兵的，然而，散文《一棵树》，经过他别具匠心的写作方式，更让我受到至深的感染：

高原上唯一的一棵树与能置它拔根之灾的狂风抗争，一次次挺了过来；与可以把它当成劈柴烧掉的人类抗争，一次次长出了沁人的新绿；与可以把它压在身下的沙尘抗争，一次次抬起了不屈的枝头。

读着这篇散文，我心里涌出了一股股热浪，我的眼泪止不住悄悄地流了出来。我清楚，他笔下的这棵树，分明是在写那一个个为了祖国交通事业，为了川藏线、青藏线这些世人关注的道路畅通而不畏生死、不畏苦难的交通官兵们。官兵们一个个倒下了，他们把鲜活的生命写在光洁、遥远的柏油马路上，写在世界屋脊上，写在交通事业的历史丰碑上。就是在这次报告文学审稿会上，他在读他写的报告文学时，读着读着竟孩子般失声痛哭起来，在场的作家们也都眼噙泪花，听他读完了2万多字的交通官兵把筑路当成至高无上事业的报告文学。我们知道，没有感情的作家，只不过是会玩文字游戏，而深怀情感、深入一线的作家，一定能写出极好的作品。正像书的跋中说的那样：

> ……益民是一个重感情的人，他的文章自然也就有了一种浓厚的感情色彩。这种情不是儿女私情，而是对事业的挚爱和对战友的热爱之情。

这本散文集里收进的《雪祭天路》《喜马拉雅山，你慢慢说》《雪山情诉》等篇，就是他深怀情感的最好反映。党益民是陕西人，只要有机会他都要回到那魂牵梦萦的黄土高坡。在他的心里，故乡是一块不可替代的情感重地。散文集里收录了少量的关于故乡的篇目，像《父亲》《初识陈忠实》等，都乡情悠悠，温馨暖暖。

这本散文集出版后，在社会上和军队内引起良好的反响。这里深深为他取得的成绩而自豪。

他的文学作品选材多在西藏，内容也多是交通部队的。

每每读他的作品，似乎在听他"吟唱"关于西藏的"歌谣"，"吟唱"

关于交通部队的年轻官兵们在"生命禁区"建功人类文明的"歌谣"。

党益民是一位满怀情感的"歌"者，希冀能不断听到他新的"歌谣"。

《绿野丰碑》：近半个世纪的绿色往事

摆在我面前的是一本白底红字的书，讲究的装帧，巧妙的设计，给人一种厚实的感觉。我把这本由唐春枫编辑，军事谊文出版社出版的《〈绿野丰碑〉——内蒙古森警总队报告文学集》握在手里，就仿佛闻到了里面散发出的淡淡花香和森警官兵鏖战火场的硝烟。正如书的扉页上所写：

> 这里有浩瀚的森林。
>
> 这里有茫茫的草原。

一群身着橄榄绿的男子汉，用青春岁月，用情感的诗章，在森林，在草原，在戈壁，谱写着一曲曲动人的绿色之歌。

我用了整整一个不眠之夜读完了这本书。在这本集子里，字里行间都平实地表达着内蒙古森警部队在半个世纪内，保护森林草原的可歌可泣的事迹，我的心里有一股股的热浪升腾。

《事业与人类共存》作为首篇，站在绿色生态环境与人类生存的高度，用流利的文学语言，把绿色与日渐恶劣的生态环境，绿色与森警部队的神圣使命联系在一起；把编织绿色希望的森警官兵们奉献青春甚至生命的感人往事，进行细致的刻画。读着这些感人至深的故事，也让人感到震撼与悲壮，让人了解了森警部队的另一面。《兴安岭，血汗凝成的故事》(作者春枫)，作者把笔触伸进大兴安岭南北的额尔古纳河畔、绰尔、贝尔茨和伊敏河畔，伸进伊克莎玛、恩和哈达、龙头、伊塔。人类只有一座大兴安岭，大兴安岭不能没有森警官兵，作者通过一个个翔实的细节，揭示了这样一个主题。

在《浴火雄兵铸辉煌》(作者郭立民)这篇报告文学里，作者把时光回溯到1987年5月6日那个"黑色的日子"里。由于作者在火场一线全程参加扑救大火，所以写出的报告文学真实自然，感人肺腑。森警官兵勇猛顽强、攻无不克的一个个神话般的故事，牢牢镌刻在历史之页上，那种"绿色至上"的精神也将永远弥漫在大兴安岭上空。正如作者本人在文章开始所写：

……粗心的人像看一本通俗小说一样将它轻轻翻过；轻佻的人因着急寻找华丽的辞藻而对它深厚的内涵一知半解；大兴安岭是它最忠实的读者，书中的每段情节、每一个标点都与它有着难以名状的心灵感悟……

《绿色地带》(作者凤民等)，则用深情的笔触，把内蒙古武装森林警察总队锡林郭勒盟草原支队做了全面的描述。这篇报告文学通过对草原支队官兵建设草原，保护草原，为建设文明、富裕、团结的锡林郭勒盟撒下真情血泪，让人对他们的英勇担当肃然起敬。

假如说收入此书的每一篇报告文学都代表一个音符的话，那么此书就是一首荡气回肠、震撼心灵的壮歌——内蒙古森警总队官兵报效祖国的赤子之心，在浩瀚的森林，在无际的草原和戈壁，合唱起一首跨世纪的壮歌。

一代又一代森警官兵洒汗边关，爱播绿野，茫茫八千里，处处写忠诚。《绿野丰碑》的出版，对于广大读者了解森警部队以及那些默默坚守的众多官兵，架起一座金桥。

《绿野丰碑》不仅凝聚了广大作者们的心血，也凝聚了森警官兵近半个世纪的激情往事。

军旅纪实作品集《最幸福的幸福树》出版后记

　　每当睁开惺忪的睡眼，看到窗外金黄色的晨曦透进房里，一种莫名的感动便弥漫全身。我倚在窗头默念，感谢有情的大自然给了人类这么多。

　　这种感恩在我平时的生活中，不是偶然才有的。每逢闲暇，我便将着我岁月的一大把时光，沿着我的履历回望，那些扶过我的人，推过我的人，拽过我的人，都让我念念不忘。我想，感激他们也只是我外在的表现，对他们怀有感恩之心，才是我心灵的一种真挚表达。

　　在德国，规定人们钓鱼时只能拿一根鱼竿和一把尺子，拿一根鱼竿是德国人对人们获取自然生态的一种节制，拿一把尺子是要把钓上来的鱼都量一量，不够10厘米的鱼都要放鱼归海。德国人不但以严格、精密、服从著称，而且他们懂得资源不是取之不尽、用之不竭的道理，懂得对大自然和自然万物应该怀有感恩之情。如今，在高楼鳞次栉比的城里，绿色陡然间成了紧俏之物。这说明，人们对绿色越来越尊重，知道绿色是人类赖以生存的。相反，这是人们不知道感恩绿色，对生态疯狂地进行破坏之后的恐慌。每每有这样的思考，我就自然而然地想起我那群在深山、戈壁、莽原中保护森林草原的森警兄弟们，想起我在森林部队当新闻干事那阵子写的那一摞子反映他们守望绿色资源的文字。我想，把那些文字拿出来，选一些精品合成一个集子。森警兄弟们所肩负的事业是神圣的、值得骄傲的，能向更多的人介绍他们，文字虽然拙笨，似乎也找到了理由。有了这样的衬托，我便翻箱倒柜把发稿剪贴本找了出来，拣了一些自己认为还过得去的纪实文学作品，分出"绿色守望篇""心灵守护篇""浅吟低唱篇"3个篇章，来展现一群人、一个人和我自己的一些事情。

为这本书起名颇让我费了一些心思。最终，我把书名定为《最幸福的幸福树》。当然，起这名字不是为了让人绕口，也不是随便胡诌出来的。我想，森警官兵用青春捍卫绿色，那些森林里的树是幸福的；森警官兵用生命换取绿色的和平，那些森林里的树不也是最幸福的吗？再说，一支森警部队就是人们心里的一座森林，一个森警官兵就是人们心里的一棵树。正是因为有了他们，人们生存空间郁郁葱葱的绿色才会得以安宁，所以他们也是幸福的，也是最幸福的。

这本书的出版，得到许多朋友和兄弟的帮扶。中国人民解放军出版社政治部主任梁粱大校，为本书的出版提出了很多宝贵的意见；著名文学评论家、武警部队电视艺术中心副主任丁临一大校，在百忙之中欣然为本书作序，为拙作平添光彩；著名生态文学作家、国家林业局退耕还林还草司副司长李青松先生，在收到书稿的当天就动笔为本书作序，第二天就在他主持的"中国森林公园网·森林文学"发表，随后又在《中国绿色时报》的"文学副刊"上发表，给这本书的出版以无尽的动力。武警森林部队的首长及战友们、编辑老师等对本书的出版给予极大的关怀和支持，在这里深表谢意。

别的书上说过这样一句话："常怀着感恩之心的人，就等于常拉着幸福的手。"对于森林，对于森警官兵，对于帮助我的朋友，我只能怀着深深的感恩。

当然，由于水平有限，拙书难免有错误之处，请给予批评指正。

权当后记。

2005 年 4 月于呼和浩特

后 记

从20世纪80年代至今，一晃40多年过去了。这期间我几易身份，从部队军官到政府公务员，又到企业高管。无论身份如何转变，我对文学的兴趣没有减弱，也陆陆续续写了一些散文随笔。这些散文随笔有记录人生经历的，有抒发思想感悟的，有梳理旅游见识的，有回忆故乡往昔的，有摘录军旅随记的，林林总总几十篇，如今收集成册，也算给自己追求文学这么多年做一个交代。

我不是文学科班出身，从一个大头兵，后来提干、转业到政府部门，又到企业工作，都沾了点能写一点文字的光，也属于被"知识改变命运"的人。2005年，我把在部队的纪实文学搜集了一下，出版了一本《最幸福的幸福树》，得到森警部队官兵的喜爱，也给我极大的鼓舞，同时深深感受到文学的魅力。这本散文随笔集的出版，了结了我多年的愿望，也是我在文学道路上迈出的新的一步。我知道自己不算个勤奋的作者，多半辈子吭哧瘪肚写了这么些个文字，如果能结集出版，以飨广大读者，是我的一大幸事。

远方出版社此次能够垂青我这个籍籍无名的作者，让我充满感激。从报选题到编辑加工，又到印刷成书，苏那嘎社长以及编辑都为本书的出版倾注了大量心血。

　　河北省作家协会副主席、中国报告文学学会副会长李春雷先生，两次获鲁迅文学奖，蝉联三届徐迟报告文学奖，文学作品著作等身。春雷先生能在百忙之中欣然应允为本书作序，为小书增色不少。

　　所有帮助过我的人，我将铭记于心，不胜感激。在这里，向各位领导和老师一并致谢。

　　是为后记。